Cathy Williams
Rendición peligrosa

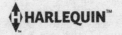

Editado por HARLEQUIN IBÉRICA, S.A.
Núñez de Balboa, 56
28001 Madrid

I.S.B.N.: 978-84-687-5537-3
Depósito legal: M-36446-2014
Editor responsable: Luis Pugni
Impresión en CPI (Barcelona)
Fecha impresion para Argentina: 21.9.15
Distribuidor exclusivo para España: LOGISTA
Distribuidor para México: CODIPLYRSA
Distribuidores para Argentina: Interior, DGP, S.A. Alvarado 2118.
Cap. Fed./Buenos Aires y Gran Buenos Aires, VACCARO HNOS.

Capítulo 1

LESLEY Fox se detuvo lentamente delante de la casa más imponente que había visto jamás. El viaje desde Londres apenas le había llevado tiempo. Era un lunes de mediados de agosto y, al contrario que la mayoría de los vehículos, ella salía de la ciudad. Había tardado menos de una hora en llegar desde su piso en la concurrida Ladbroke Grove hasta aquella majestuosa mansión, que parecía digna de aparecer en la portada de una revista.

Las verjas de hierro forjado anunciaban su esplendor, al igual que la avenida delimitada por altos árboles y los cientos de metros cuadrados de cuidados jardines que ella había tenido que atravesar hasta llegar a la casa.

Aquel hombre debía de ser mucho más que rico. Por supuesto, eso ya lo sabía. Lo primero que había hecho cuando se le pidió que desempeñara aquel trabajo había sido investigarlo en Internet.

Alessio Baldini, italiano pero residente en el Reino Unido desde hacía mucho tiempo. El listado de sus numerosas empresas era largo, por lo que había decidido pasarlo por alto. No le interesaba en absoluto a lo que se dedicara. Solo quería asegurarse de que Alessio Baldini existía y que resultaba ser quien Stan decía que era.

No era siempre recomendable aceptar encargos a través de amigos de amigos, y mucho menos en la clase de trabajo al que Lesley se dedicaba. Tal y como a su padre le gustaba decir, una chica debía tener mucho cuidado.

Se bajó de su pequeño Mini, que resultaba aún más pequeño por el amplio patio en el que estaba aparcado, y miró a su alrededor.

Aquel maravilloso día de verano hacía que el césped y las flores que adornaban la fachada de la mansión resultaran tan hermosos que parecieran casi irreales. Cuando investigó a Baldini en Internet, no había visto fotos de su casa, por lo que no había estado en absoluto preparada para aquella exhibición de riqueza.

Una suave brisa le revolvió el cabello castaño, muy corto. Se sintió algo incómoda con su habitual indumentaria de pantalones de camuflaje, esparteñas y la camiseta de un grupo de rock a cuyo concierto había ido hacía cinco años y que era de las menos deslucidas que tenía.

Aquel no parecía la clase de lugar en la que se toleraría aquel tipo de atuendo. Por primera vez, deseó haber prestado más atención a los detalles del hombre al que había ido a ver.

Había encontrado largos artículos sobre él, pero pocas fotografías, que había pasado por alto casi sin fijarse quién era él entre un grupo de aburridos hombres con traje. Decidió que lo mejor sería enmendar ese error. Tomó su ordenador portátil y cerró la puerta del coche.

Si no fuera por Stan, no estaría allí en aquellos momentos. Ella no necesitaba el dinero. Podía pagar la hipoteca de su apartamento de un dormitorio cómodamente y no le gustaba comprarse ropas femeninas sin sentido para una figura que no poseía con el único objetivo de atraer a los hombres, por los que, además, tenía poco interés. Inmediatamente, decidió ser sincera consigo misma. Eran los hombres los que tenían poco interés por ella..

Con eso en mente, tenía más de lo que necesitaba. Su trabajo como diseñadora de páginas web estaba bien pagado y, por lo que a ella se refería, no le faltaba nada.

Stan, un irlandés, era amigo de su padre desde hacía mucho tiempo. Los dos se habían criado juntos. Él acogió a Lesley cuando ella se mudó a Londres después de la universidad y Lesley se sentía en deuda con él.

Con un poco de suerte, se marcharía de allí en un santiamén.

Respiró profundamente y observó la mansión. Era un enorme edificio de elegante piedra color crema. Una casa de ensueño. La hiedra la adornaba en los lugares adecuados y las ventanas conservaban todo el encanto de lo antiguo. Aquella era la clase de riqueza que debería atraerla más bien poco, pero Lesley, muy a su pesar, se sentía completamente encantada por tanta belleza.

Por supuesto, el dueño no sería tan encantador como su casa. Así ocurría siempre. Los hombres ricos siempre se consideraban un don de Dios para las mujeres cuando, evidentemente, no lo eran. Había conocido a algunos en su trabajo y le había costado mucho mantener la sonrisa en el rostro.

No había timbre, sino un impresionante llamador. Lo golpeó con fuerza y oyó que el sonido que producía reverberaba por toda la casa mientras esperaba que el mayordomo, o quien estuviera al servicio del dueño de la casa, fuera a abrir la puerta.

Se preguntó qué aspecto tendría. Rico e italiano. Seguramente tendría el cabello oscuro y hablaría con un marcado acento extranjero. Podría ser que fuera bajo de estatura, lo que resultaría algo embarazoso porque ella medía casi un metro ochenta y le sacaría la cabeza. Eso no era bueno. Sabía por experiencia que a los hombres no les gustaba que las mujeres fueran más altas que ellos. Lo más probable era que fuera elegante y que fuera ataviado con ropa y zapatos muy caros.

Estaba tan ocupada pensando en el posible aspecto de su interlocutor que se sorprendió cuando la puerta se abrió sin previo aviso. Durante unos segundos, Lesley perdió la capacidad de hablar. Separó los labios y miró fijamente al hombre que se encontraba ante ella como no lo había hecho nunca antes con ningún otro en toda su vida.

El hombre era, simplemente, de una belleza indescriptible. Unos centímetros más alto que ella, iba ataviado con unos vaqueros y un polo azul marino. Además, iba descalzo. El cabello negro peinado hacia atrás dejaba al descubierto un hermoso y sensual rostro. Tenía los ojos tan negros como el cabello, ojos que devolvían plácidamente la fija mirada de Lesley. Ella sintió que se sonrojaba y que regresaba al planeta Tierra con una terrible sensación de azoramiento.

–¿Quién es usted?

Aquella voz, profunda y aterciopelada, la hizo reaccionar. Lesley se aclaró la garganta y se recordó que no era la clase de chica que se viera intimidada por un hombre, por muy guapo que fuera. Procedía de una familia de seis y ella era la única chica. Se había criado asistiendo a partidos de rugby y viendo el fútbol en televisión, subiéndose a los árboles y explorando la gloriosa campiña irlandesa con unos hermanos a los que no siempre les había gustado que su hermanita pequeña los acompañara.

Siempre había sido capaz de ocuparse del sexo opuesto. Siempre había sido una más entre los chicos...

–He venido por su... Bueno, me llamo Lesley Fox –dijo. Extendió la mano, pero la dejó caer al ver que él no correspondía su gesto.

–No esperaba a una mujer –replicó Alessio mientras la miraba de arriba abajo.

Efectivamente, él había estado esperando a Les Fox y había dado por sentado que Les era un hombre. Les, un hombre de la misma edad que Rob Dawson, su técnico de ordenadores. Rob Dawson tendría unos cuarenta años y parecía una pelota de playa. Había estado esperando un hombre de unos cuarenta y tantos y con un aspecto similar.

En su lugar, estaba frente a una mujer de cabello corto y oscuro, con los ojos de color del chocolate y un aspecto físico muy masculino que iba vestida...

Alessio observó los pantalones de camuflaje y la camiseta. No recordaba la última vez que había visto a una mujer vestida con un desprecio tan evidente por la moda. Las mujeres siempre se esforzaban al máximo con él. Su cabello estaba siempre perfecto y su maquillaje impecable. La ropa que llevaba estaba siempre a la última y los zapatos eran siempre muy sexys y de alto tacón.

Le miró los pies. Llevaba puestas unas zapatillas de lona y suela de esparto.

–Siento haberle desilusionado, señor Baldini. Es decir, doy por sentado que es usted el señor Baldini y no su criado.

–No creía que nadie usara todavía ese término.

–¿Qué termino?

–Criado. Cuando le pedí a Dawson que me proporcionara el nombre de alguien que me pudiera ayudar con el... problema que tengo, di por sentado que él me recomendaría a alguien de más edad y experiencia.

–Da la casualidad que se me da muy bien lo que hago, señor.

–Dado que esta no es una entrevista de trabajo, no puedo pedir referencias –dijo. Se hizo a un lado y la invitó a pasar–. Sin embargo, considerando que parece que acaba de salir de la facultad, querría saber algo más sobre usted antes de explicarle la situación.

Lesley refrenó su genio. No necesitaba el dinero. Aunque la cantidad que se le había dicho que se le pagaría por hora era escandalosa, no tenía por qué estar allí ni escuchar cómo aquel perfecto desconocido cuestionaba su experiencia para un trabajo que ella ni siquiera había solicitado. Entonces, pensó en Stan y en todo lo que él había hecho por ella y contuvo sus deseos de marcharse de allí sin mirar atrás.

–Entre –le dijo Alessio por encima del hombro al ver que ella no se animaba a pasar.

Segundos después, Lesley atravesó el umbral. Se vio rodeada de mármol y alfombras orientales. Las paredes estaban adornadas de obras maestras modernas, que deberían haber estado fuera de lugar en una casa como aquella. Sin embargo, no era así. El vestíbulo quedaba dominado por una escalera que ascendía delicadamente al piso superior antes de dividirse en direcciones opuestas. Las puertas indicaban que había una multitud de habitaciones en cada ala.

Más que nunca, sintió que su atuendo resultaba inapropiado. A pesar de que él iba vestido de un modo casual, su ropa era elegante y cara.

–Una casa muy grande para una persona –comentó ella mirando a su alrededor sin ocultar lo impresionada que estaba.

–¿Cómo sabe que no tengo una enorme familia viviendo aquí?

–Porque lo he investigado –respondió Lesley con sinceridad. Volvió a mirarlo y, una vez más, tuvo que apartar la mirada–. No suelo viajar a territorio desconocido cuando trabajo como freelance. Normalmente, el ordenador viene a mí. No soy yo quien va al ordenador.

–Creo que resulta refrescante abandonar las costumbres de cada uno –repuso Alessio. Observó cómo ella se mesaba el cabello y se lo ponía, sin querer, de punta. Aquella mujer tenía las cejas muy oscuras, igual que su cabello, lo que enfatizaba el peculiar tono marrón de sus ojos. Tenía la piel muy blanca, sedosa, tanto que debería haber tenido pecas. No era así–. Sígame. Podemos sentarnos en el jardín. Haré que Violet nos sirva algo para beber... ¿Ha almorzado usted?

Lesley frunció el ceño. ¿Había almorzado? No era muy cuidadosa con sus hábitos alimenticios, algo que se prometía rectificar diariamente. Si comiera algo más, tendría más posibilidades de no parecer un palillo.

–Tomé un bocadillo antes de salir –contestó–, pero le agradecería mucho una taza de té.

–Jamás deja de divertirme que, en un cálido día de verano, los ingleses sigan optando por tomar una taza de té en vez de algo frío.

–Yo no soy inglesa. Soy irlandesa.

Alessio inclinó la cabeza y la miró con curiosidad.

–Ahora que lo menciona, detecto un cierto acento...

–Pero sigo prefiriendo una taza de té.

Alessio sonrió y ella se quedó sin aliento. El italiano rezumaba atractivo sexual. Lo tenía sin sonreír, pero en aquellos momentos... Era suficiente para arrojarla en un estado de confusión. Parpadeó para librarse de aquella sensación tan ajena a ella.

–Este no es mi lugar de residencia favorito –dijo él mientras la conducía hasta las puertas que llevaban a la parte posterior de la casa–. Vengo aquí de vez en cuando para airearlo, pero paso la mayor parte de mi tiempo en Londres o en el extranjero por negocios.

–¿Y quién cuida de esta casa cuando no esta usted aquí?

–Tengo empleados que se ocupan de eso.

–Es un desperdicio, ¿no le parece?

Alessio se dio la vuelta y la miró con una mezcla de irritación y de diversión.

–¿Desde qué punto de vista? –le preguntó cortésmente. Lesley se encogió de hombros.

–Hay tantos problemas con el alojamiento en este país que parece una locura que una persona posea una casa de este tamaño.

–¿Quiere decir usted que debería subdividir la casa y convertirla en un montón de pequeñas conejeras para los que se han quedado sin hogar? –preguntó con una seca carcajada–. ¿Le explicó mi hombre cuál es la situación?

Lesley frunció el ceño. Había pensado que él podría verse ofendido por su comentario, pero estaba allí para realizar un trabajo. Sus opiniones no importaban demasiado.

–Su hombre se puso en contacto con Stan, que es amigo de mi padre, y él... Bueno, solo me dijo que tenía usted una situación delicada que quería solucionar. No me dio detalles.

–No se le dieron a él. Simplemente sentía curiosidad sobre si las especulaciones ociosas habían entrado a formar parte de la ecuación.

Alessio Baldini abrió las puertas y los dos salieron a un magnífico jardín. Unos altos árboles bordeaban el impecable césped. A un lado, había una pista de tenis y más allá se podía ver una piscina con una caseta al lado, que Lesley dio por sentado que eran los vestuarios. La zona en la que se encontraban era tan grande como el jardín comunitario que ella compartía con el resto de residentes de su bloque de pisos. Si se pidiera que cien personas ocuparan aquel espacio, no tendrían que luchar por hacerse sitio.

Se sentaron en unas sillas de madera que había en torno a una mesa de cristal. Inmediatamente, una mujer salió de la casa, como si la hubiera llamado un silbato solo audible para ella.

Alessio le indicó que les sirviera el té y algo frío para él, junto con algo para comer. A continuación, centró su atención en Lesley.

—Entonces, ¿la persona a la que mi hombre acudió es amigo de su padre?

—Así es. Stan creció con mi padre y cuando yo me mudé a Londres después de la universidad... Bueno, él y su esposa me acogieron. Me hicieron sitio en su casa hasta que yo conseguí independizarme. Hasta me pagaron los tres meses de fianza del primer piso que alquilé porque sabían que mi padre no podía permitírselo. Por lo tanto, sí, estoy en deuda con Stan y esa es la razón de que haya aceptado este trabajo, señor Baldini.

—Alessio, por favor. ¿Y trabajas de...?

—Diseño páginas web, pero, ocasionalmente, trabajo como hacker. Las empresas me contratan para ver si sus cortafuegos están intactos y son seguros. Si hay algo que pueda piratearse, yo lo descubro.

—No se trata de un trabajo que yo asocie inmediatamente con una mujer –murmuró él. Lesley se tensó inmediatamente–. No lo he dicho como un insulto, sino simplemente como un hecho. Hay un par de mujeres en mi departamento de informática y programación, pero principalmente son hombres.

–¿Por qué no le ha pedido a alguno de sus empleados que resuelva su problema?

–Porque es un asunto algo delicado y, cuanto menos
se hable de mi vida privada dentro de las paredes de mis
oficinas, mucho mejor. Entonces, tú sabes diseñar páginas web. Trabajas como freelance y afirmas que puedes acceder a cualquier sitio de la web.

–Así es. A pesar de no ser un hombre.

Alessio notó el tono defensivo de la voz de Lesley y
sintió que se despertaba su curiosidad. Su vida se había
acomodado en una rutina previsible en lo que se refería
a los miembros del sexo opuesto. Su único error, que
cometió cuando tenía dieciocho años, había sido suficiente para desarrollar un saludable escepticismo en lo
que se refería a las mujeres. Había llegado a la conclusión de que llamar sexo débil a las mujeres había sido
un error de abrumadora magnitud.

–Por lo tanto, si me pudiera explicar la situación
–dijo Lesley mirándolo a los ojos. Se sentía intrigada y
emocionada ante la posibilidad de resolver el problema
que él pudiera tener. Casi no se dio cuenta de que el
ama de llaves le colocaba delante una tetera y un plato
de deliciosas pastas.

–Llevo un tiempo recibiendo correos electrónicos anó-
nimos –comenzó él. Se sonrojó un poco. No le gustaba
tener la sensación de admitir que tenía las manos atadas
en lo que se refería a solucionar su propio dilema–. Empezaron a llegar hace unas semanas.

–¿A intervalos regulares?

–No –respondió él mesándose el cabello–. Al principio no les hice mucho caso, pero los dos últimos han
sido... ¿Cómo podría describirlos? Un poco... contun-
dentes –admitió. Agarró la jarra de limonada y se sirvió
un vaso–. Si me has investigado, habrás visto que soy

el dueño de varias empresas informáticas. A pesar de ello, reconozco que mis conocimientos sobre los entresijos de los ordenadores son escasos.

–En realidad, no tengo ni idea de las empresas que posee o que no posee. Le investigué porque quería asegurarme de que no había nada raro sobre usted. He hecho antes esta clase de cosas. No estaba buscando detalles, sino simplemente cosas que pudieran resultar sospechosas.

–¿Sospechosas? ¿Pensaste que yo era sospechoso?

Parecía tan escandalizado e insultado que Lesley no pudo evitar echarse a reír.

–Podría haber tenido artículos periodísticos sobre tratos sospechosos, vínculos con la Mafia... ya sabe a lo que me refiero. Si hubiera habido algo poco recomendable sobre usted, yo podría haberlo encontrado, por escondido que estuviera, en pocos minutos. No encontré nada.

Alessio estuvo a punto de atragantarse con su limonada.

–¿Vínculos con la Mafia...? Porque soy italiano, claro. Eso es lo más ridículo que he escuchado nunca.

Lesley se encogió de hombros.

–No me gusta correr riesgos.

–Yo no he hecho nada ilegal en toda mi vida –dijo con un gesto que era peculiar de un extranjero–. Te aseguro que hasta pago mis impuestos, lo que no es habitual entre los más ricos. Sugerir que yo podría estar relacionado con la Mafia porque soy italiano...

Alessio se inclinó hacia delante y la miró fijamente. Ella se sonrojó y tragó el té que tenía en la boca haciendo un gesto de dolor.

No era su estilo preguntarse lo que los hombres pensaban de ella. Más o menos lo sabía. Llevaba toda la vida sabiendo que, para los hombres, era una más. Incluso su trabajo los ayudaba a sacar aquella conclusión.

Era demasiado alta, demasiado angulosa y demasiado descarada para poder resultar objeto de atracción sexual y mucho menos cuando el hombre en cuestión tenía el aspecto de Alessio Baldini. Se encogió solo de pensarlo.

–No, has estado viendo demasiadas películas de gángsteres. Estoy seguro de que debes haber oído hablar de mí.

Él siempre estaba en los periódicos, normalmente relacionado con grandes acuerdos comerciales y de vez en cuando en las columnas de sociedad con una hermosa mujer del brazo. No estaba seguro de por qué había dicho aquella última frase, pero, dado que la había dicho, esperaba con verdadera curiosidad lo que ella pudiera responder.

–No.

–¿No?

–Supongo que piensa que todo el mundo ha oído hablar de usted, pero, en realidad, yo no leo los periódicos.

–No lees los periódicos... ¿Ni siquiera las páginas de sociedad?

–Sobre todo no leo las páginas de sociedad –replicó ella–. No todas las chicas estamos interesadas en lo que los famosos hagan.

Trató de experimentar de nuevo el familiar sentimiento de satisfacción por no ser una mujer al uso, de las que se siente muy interesada en los chismes sobre los ricos y famosos. Sin embargo, por una vez, aquel sentimiento pareció eludirla.

Por una vez, deseó ser una de esas chicas que sabían cómo aletear las pestañas y atraer a los hombres. Quería ser parte del baile en vez de ser la muchacha inteligente y algo masculina que se aburría sentada en una silla. Quería ser miembro del club invisible del que siempre se había sentido excluida porque no parecía conocer las palabras adecuadas para poder entrar.

Contuvo una oleada de insatisfacción consigo misma y tuvo que ahogar la ira que sintió hacia el hombre que estaba sentado frente a ella por ser el que había generado aquel sentimiento. Hacía mucho tiempo que había conquistado la inseguridad que podría suponerle su aspecto físico y estaba perfectamente satisfecha con su aspecto. Tal vez podría no ser del gusto de todo el mundo, y mucho menos del de él, pero llegaría su momento y encontraría a alguien. A la edad de veintisiete años, distaba mucho de ser una solterona y, además, su carrera estaba despegando. Lo último que quería o necesitaba era que un hombre la desviara de su camino.

Se preguntó cómo habían terminado hablando de algo que no tenía nada que ver con el trabajo para el que se la había contratado. ¿Era aquello parte del hecho de que él estuviera conociéndola, tal y como ella había hecho cuando buscó toda aquella información sobre Alessio en Internet para asegurarse de que no había nada de lo que preocuparse sobre él?

—Me estaba hablando sobre los correos que ha recibido... —dijo ella para devolver la conversación a lo que la había llevado allí.

Alessio suspiró y la miró largamente antes de contestar.

—Los primeros no tenían mucha importancia. Un par de notas de una línea que sugerían que podrían tener información en la que yo podría estar interesado. Nada de lo que preocuparse.

—¿Acaso recibe correos como ese con frecuencia?

–Soy un hombre rico. Recibo muchos correos que tienen poco o nada que ver con el trabajo –comentó él con una sonrisa que hizo que Lesley experimentara de nuevo un extraño hormigueo–. Tengo varias cuentas de correo electrónico y mi secretaria es muy eficiente a la hora de deshacerse de los que son basura.

–Sin embargo, esos consiguieron pasar esa criba.

–Esos fueron directamente a mi dirección de correo electrónico personal. Muy pocas personas tienen esa dirección.

–Está bien –dijo ella frunciendo el ceño–. Entonces, dice usted que los primeros eran inocuos, lo que sugiere que el tono cambió después.

–Hace unos días, llegó la primera exigencia de dinero. No me malinterprete. Me piden dinero muchas veces, pero normalmente es por razones de trabajo. Alguien quiere que lo patrocine o algo así. También están los que necesitan dinero para parientes moribundos o para pagar abogados antes de que puedan reclamar sus herencias, que por supuesto desean compartir conmigo.

–¿Y su secretaria se ocupa de todo eso?

–Sí. Normalmente los borra. Me llegan algunos, pero, en general, tenemos ciertas organizaciones benéficas a las que damos dinero y todas las peticiones de inversión se reenvían automáticamente al departamento de finanzas de mis empresas.

–Sin embargo, estos pasaron la criba y llegaron a su dirección personal. ¿Tiene alguna idea sobre cómo el remitente pudo acceder a esa información?

Estaba empezando a creer que aquel asunto excedía sus conocimientos. Los piratas informáticos normalmente buscaban información o, en algunos casos, trataban de atacar las cuentas, pero aquello era evidentemente... algo personal.

–¿No le parece que sería mejor que la policía se ocupara de este asunto? –añadió antes de que él pudiera responder.

Alessio sonrió. Entonces, tomó un sorbo de limonada y la observó por encima del vaso mientras bebía.

–Si leyeras los periódicos, sabrías que la policía no ha tenido mucho éxito en lo de salvaguardar la intimidad de los famosos. Yo soy un hombre muy reservado. Cuanto menos se sepa públicamente de mi vida, mejor.

–Entonces, mi trabajo es descubrir quién se encuentra detrás de esos correos.

–Correcto.

–Y en ese momento...

–Yo me ocuparé personalmente del asunto.

–Debería haberle dicho desde el principio que no puedo aceptar este trabajo si existe alguna posibilidad de que usted pudiera... utilizar... la violencia para solucionarlo.

Alessio soltó una carcajada y se reclinó en su silla. Estiró las largas piernas y las cruzó por los tobillos. Entonces, entrelazó los dedos sobre el vientre.

–Tienes mi palabra de que no utilizaré la violencia para solucionarlo.

–Espero que no se esté burlando de mí, señor Baldini. Estoy hablando totalmente en serio.

–Alessio, por favor. Me llamo Alessio. No seguirás teniendo la sensación de que soy miembro de la Mafia, ¿verdad? ¿Que tengo un montón de armas bajo la cama y gorilas a mis órdenes?

Lesley se sonrojó. ¿Dónde estaban sus modales descarados? Casi nunca se quedaba sin palabras, pero lo estaba en aquellos momentos, sobre todo cuando unos ojos oscuros la observaban atentamente y le hacían sentirse más incómoda de lo que ya se sentía. Una oleada de calor que la avergonzó se apoderó de ella. Su cuerpo respondía ante el magnetismo sexual de Alessio. Su química la envolvía como una tela de araña, confundiendo sus pensamientos y acelerándole el pulso.

–¿Te parezco un hombre violento, Lesley?

–Yo nunca he dicho eso. Simplemente soy... cautelosa.

–¿Te has visto antes en situaciones incómodas?

–¿Qué quieres decir?

–Antes me sugeriste que me investigaste para asegurarte de que yo no era sospechoso. Me dijiste también que en situaciones como esta tienes mucho cuidado, situaciones en las que el ordenador no viene a ti, sino que tú te ves obligada a ir al ordenador. ¿Es todo esto porque has tenido malas experiencias?

–Soy una persona muy cuidadosa –admitió ella. Entonces, respiró profundamente y siguió hablando–. Y sí, he tenido algunas malas experiencias en el pasado. Hace unos meses, se me pidió un favor para el amigo de un amigo. Entonces, descubrí que lo que él quería era que yo pirateara la cuenta de su exesposa para ver en qué gastaba el dinero. Cuando me negué, se mostró bastante molesto.

–¿Bastante molesto?

–Había bebido demasiado. Pensaba que si me presionaba un poco, yo haría lo que él quería. Por supuesto –se apresuró a añadir–, son situaciones bastante molestas, pero nada de lo que no me pueda ocupar.

–Te puedes ocupar de los hombres que se muestran molestos...

Fascinante. Estaba en compañía de alguien de otro planeta. Ella podría tener la piel más cremosa que había visto nunca y un rostro angelical cuyo aspecto era increíblemente femenino a pesar de aquel atuendo tan agresivo, pero ciertamente no se parecía a ninguna mujer que él hubiera conocido nunca.

–Pues dime cómo lo haces –añadió con genuina curiosidad.

Se dio cuenta de que ella se había tomado la mitad de las pastas. Tenía buen apetito. Miró el cuerpo de Lesley y vio que, a pesar de estar medio escondido bajo aquellas ropas tan poco apropiadas para una mujer, este era largo y esbelto.

Lesley captó su cambio de atención. Su instinto fue cubrirse el cuerpo, pero decidió que era mejor adoptar una postura más relajada.

–Tengo cinturón negro de kárate.

–¿De verdad?

–Sí –respondió ella mirándolo a los ojos–. No sé qué tiene eso de raro –añadió–. Había muchas chicas en mi clase cuando asistía a las clases. Por supuesto, unas cuantas lo dejaron cuando empezamos a subir de nivel.

–¿Y cuándo exactamente fueron esas clases?

Lesley se preguntó qué tenía aquello que ver con el trabajo para el que había acudido a la casa de Alessio. Por otro lado, se dijo que nunca venía mal que alguien supiera que no era la clase de mujer con la que meterse.

–Empecé cuando tenía diez años y las clases continuaron hasta la adolescencia con un par de pausas entre medias.

–Entonces, cuando las otras chicas estaban experimentando con el maquillaje, tú aprendías el valor de la defensa personal.

Lesley se sintió incómoda cuando él, inconscientemente, volvió a tocarle aquel punto débil. El lugar en el que yacían sus inseguridades.

–Creo que toda mujer debería saber cómo defenderse físicamente.

–Es una ambición muy loable –murmuró él–. Ahora, vayamos dentro. Iremos a mi despacho para que podamos continuar nuestra conversación allí. Está empezando a hacer demasiado calor aquí.

Alessio se puso de pie y miró hacia los jardines. Esbozó una sonrisa cuando ella, automáticamente, tomó el plato y todo lo que pudo para llevarlo a la cocina.

–No te preocupes –dijo. Brevemente, tocó la mano de Lesley y ella la retiró como si se hubiera quemado–. Ya lo recogerá Violet.

Lesley musitó automáticamente que resultaba muy ilustrativo ver cómo vivía la otra mitad. Sin saber por qué, Alessio le hacía sentirse a la defensiva. Más aún, torpe e incómoda, como si volviera a tener dieciséis años

–Creo que tu madre debe de ser una mujer muy fuerte para inculcarle esas prioridades a su hija –comentó él.

–Mi madre murió cuando yo tenía tres años. Un accidente cuando regresaba en bicicleta de hacer la compra.

Alessio se detuvo en seco y la miró fijamente hasta que ella se vio obligada a mirarlo a él.

–Te ruego que no me digas tonterías como que lo sientes mucho –replicó ella levantando la barbilla y mirándolo sin parpadear–. Eso ocurrió hace mucho tiempo.

–No. No iba a decir eso...

–Mi padre fue la influencia más fuerte en mi vida. Mi padre y mis cinco hermanos. Todos me dieron la seguridad en mí misma de poder hacer lo que quisiera con mi vida y me aseguraron que solo por ser mujer no tenía que olvidarme de mis ambiciones. Me licencié en matemáticas.

El corazón le latía a toda velocidad, como si hubiera

estado corriendo un maratón. Lo miró fijamente y las miradas de ambos se cruzaron hasta que la actitud defensiva de ella cedió y dio paso a algo más, algo que casi no podía comprender, algo que le hizo decir rápidamente y con una tensa sonrisa:

–No veo cómo nada de todo esto es relevante. Si me llevas a tu ordenador, no debería tardar mucho tiempo en averiguar quién te está causando esos problemas.

Capítulo 2

EL DESPACHO al que Alessio la condujo le permitió darse cuenta del esplendor de la casa en la que se encontraba. Al contrario de muchas mansiones, que devoraban dinero y que raramente se encontraban en las mejores condiciones, y que cuyas imponentes fachadas daban paso a interiores tristes y dilapidados, aquella casa era tan magnífica en el interior como en el exterior. La decoración prestaba una gloriosa atención a todos los detalles. Todas las estancias por las que pasaron estaban magníficamente decoradas. Por supuesto, en muchas ocasiones Lesley solo podía intuir lo que había al otro lado de las puertas medio abiertas, pero vio lo suficiente para darse cuenta de que en aquella mansión se había invertido mucho dinero, lo que era algo increíble teniendo en cuenta que no se utilizaba con regularidad.

Por fin, llegaron al despacho. Las paredes estaban cubiertas por estanterías y un imponente escritorio antiguo dominaba la estancia, coronado por un ordenador, un portátil y un pequeño montón de libros de leyes. Lesley observó las cortinas color burdeos, el sobrio papel pintado y los lujosos sofás y sillones.

No habría asociado aquella decoración con él.

—Esto supone un cambio a lo que estoy acostumbrado en Londres. Soy un hombre más moderno, pero este despacho tan clásico me resulta muy tranquilizador –comentó como si le hubiera leído a ella el pensamiento mientras encendía el ordenador–. Cuando compré esta casa hace ya varios años, estaba prácticamente en ruinas. Pagué lo que se me pidió por su historia y porque quería asegurarme de que el dueño y su hija pudieran encontrar una vivienda dentro del estilo al que habían estado acostumbrados antes de que se les acabara el dinero. Ellos se mostraron sumamente agradecidos y solo me sugirieron que tratara de conservar un par de habitaciones con una decoración lo más cercana posible a la original. Esta fue una de ellas.

–Es muy bonita –afirmó ella desde la puerta. Efectivamente los colores oscuros resultaban relajantes. Alessio tenía razón.

Cuando lo miró, vio que él tenía el ceño fruncido.

–No hay necesidad de permanecer junto a la puerta –dijo él sin mirarla–. Creo que tendrás que pasar y colocarle a mi lado frente al ordenador si quieres solucionar mi problema. Ah, muy bien. Siéntate.

Alessio se levantó para que ella pudiera tomar asiento. El cuero estaba templado por el contacto con su cuerpo y ese calor pareció filtrarse por el de Lesley cuando ella por fin se colocó frente a la pantalla del ordenador. Cuando él se inclinó para escribir sobre el teclado, ella tuvo que contenerse para no dejar escapar ningún ruido que expresara su sobresalto.

El antebrazo de él estaba a pocos centímetros de sus senos. Nunca antes la proximidad del cuerpo de otra persona la había turbado de aquella manera. Se obligó a centrarse en lo que estaba apareciendo en la pantalla y a recordar que estaba allí por sus habilidades profesionales.

¿Por qué la estaba afectando de aquel modo? Tal vez llevaba demasiado tiempo sin un hombre en su vida. La familia y amigos estaban muy bien, pero tal vez su vida de celibato le había hecho convertirse en un ser inesperadamente vulnerable a un hombre atractivo.

–Bueno...

Lesley parpadeó para salir de sus pensamientos y se encontró mirando directamente a unos ojos oscuros que estaban demasiado cercanos a los suyos.

–¿Bueno?

–El primer correo. Demasiado familiar, demasiado coloquial, pero nada que llame demasiado la atención.

Lesley miró por fin la pantalla y leyó el correo. Poco a poco, comenzó a centrarse a medida que fue estudiando los correos que él le iba enseñando, buscando pistas, haciéndole preguntas. Los dedos se movían rápidamente sobre el teclado.

Entendía perfectamente por qué él había decidido que alguien ajeno a su empresa se encargara de aquel pequeño problema.

Si valoraba su intimidad, no querría que ninguno de sus empleados tuviera acceso a lo que parecían ser amenazas veladas, sugerencias de algo que podía dañar su negocio o arruinar su reputación. Sería carnaza para sus empleados.

Alessio se apartó del escritorio y se dirigió a una de las cómodas butacas que había al otro lado. Lesley estaba completamente absorta en lo que estaba haciendo, por lo que él se tomó su tiempo para estudiarla. Se sorprendió un poco al descubrir que le gustaba lo que veía.

No se trataba solo de que sus rasgos le resultaran cautivadores. Ella era poseedora de una viva inteligencia que suponía un refrescante cambio de las hermosas, pero poco inteligentes mujeres con las que salía. Observó el cabello marrón chocolate, las espesas y largas pestañas, los sensuales y gruesos labios... Resultaban muy sexys en aquellos momentos, porque, justo en aquel instante, los tenía ligeramente entreabiertos.

Ella frunció el ceño y se pasó la lengua por el labio superior. En ese momento, el cuerpo de Alessio pareció cobrar vida. Su libido, que había estado bastante apagada desde que rompió su relación con una rubia a la que le gustaban mucho los diamantes hacía dos meses, cobró vida de repente.

Fue una reacción tan inesperada que estuvo a punto de lanzar un gruñido. Se rebulló en la silla y sonrió cortésmente cuando ella lo miró brevemente antes de volver a centrarse de nuevo en la pantalla del ordenador.

–Sea quien sea quien ha mandado esto, sabe muy bien lo que está haciendo.

–¿Cómo dices? –preguntó Alessio cruzando las piernas para tratar de mantener la ilusión de que tenía por completo el control de su cuerpo.

–Han tenido mucho cuidado de tomar todas las medidas posibles para evitar que se descubra quién los envió. ¿Por qué no borraste los primeros mensajes?

–Me daba la sensación de que merecía la pena conservarlos –dijo él. Se puso de pie y se dirigió hacia la puerta del jardín.

En un principio, había querido que aquella reunión fuera breve y funcional, pero, en aquellos momentos, su mente se negaba a centrarse en el asunto que tenían entre manos. No hacía más que mirar a la mujer que estaba frente a su ordenador, concentrándose completamente en la pantalla. Se preguntó qué aspecto tendría sin aquella ropa tan poco atractiva. Se preguntó si ella sería diferente a las otras mujeres desnudas que habían ocupado antes su cama.

Sabía que lo sería. Su instinto se lo decía. De algún modo, no se la imaginaba tumbada provocativamente, esperando que él la poseyera, con una actitud pasiva y dispuesta a satisfacerlo.

No. Aquel no era el modo en el que se comportaban las chicas que tenían cinturón negro de kárate y sabían cómo piratear un ordenador.

Consideró prolongar la tarea. Quién sabía lo que ocurriría entre ellos si ella se quedaba a su lado más tiempo del que Alessio había pensado en un principio...

–¿Qué crees que debo hacer ahora? Porque, por la expresión de tu rostro, veo que no va a ser todo tan fácil como habías pensado en un principio.

–Normalmente, resulta bastante fácil resolver algo como esto –confesó Lesley–. La gente suele ser bastante previsible en lo que se refiere a dejar pistas, pero, evidentemente, quien está detrás de esto no ha utilizado su propio ordenador. Ha ido a un café con acceso a Internet. De hecho, no me sorprendería si hubiera ido a varios porque ciertamente podríamos descubrir el que usa si lo hubiera utilizado varias veces. No sería difícil encontrar qué terminal es la suya y no tardaríamos en identificarlo. Por supuesto, podría ser un hombre o una mujer...

–¿De verdad? Espera. Hablaremos de eso mientras tomamos algo, e insisto en que te olvides del té a favor de algo un poco más emocionante. Mi ama de llaves prepara unos cócteles muy buenos.

–No puedo –dijo Lesley con cierta incomodidad–. No suelo beber y, de todos modos, tengo que conducir.

–En ese caso, limonada recién hecha.

Alessio se acercó a ella y extendió la mano para ayudarla a levantarse de la silla a la que ella parecía estar pegada.

Durante unos instantes, Lesley no supo reaccionar. Cuando por fin le agarró la mano, dado que no se le ocurría otra cosa que pudiera hacer sin parecer ridícula e infantil, experimentó una descarga eléctrica a través de todo su cuerpo que le hizo sentirse tremendamente afectada por el hombre que tenía frente a ella.

–Eso estaría bien –dijo, casi sin aliento. En cuanto pudo, apartó la mano de la de él y resistió la tentación de frotársela contra los pantalones.

Alessio no pasó nada por alto. Ella era una persona diferente cuando se concentraba frente a un ordenador. Mirando la pantalla y analizando lo que aparecía en ella, rezumaba seguridad en sí misma. Sin poder evitarlo, se preguntó cómo serían sus diseños.

Por el contrario, sin un ordenador que absorbiera su atención, se mostraba tensa y a la defensiva, lo que resultaba una mezcla extraña e intrigante de independencia y vulnerabilidad.

Alessio sonrió y le indicó que abandonara el despacho en primer lugar.

–Por lo tanto, tenemos un hombre o una mujer que va a un cierto café con acceso a Internet, o más probablemente a varios de ellos, con el único propósito de mandarme a mí correos electrónicos. Sus propósitos siguen sin estar muy claros, pero, si conozco tan bien las motivaciones humanas como creo, me huelo que me pide dinero por una información que él o ella podría tener.

Llegaron a la cocina sin que Lesley se diera cuenta. Inmediatamente, él le dio un vaso de limonada y luego él se sirvió agua fría. Entonces, le indicó la mesa de la cocina y los dos tomaron asiento el uno frente al otro.

–Generalmente –dijo Lesley tras tomarse un sorbo de limonada–, este debería ser un caso bastante sencillo. Localizaríamos el ordenador e iríamos al café. Normalmente, estos lugares tienen circuito cerrado de televisión. Se debería encontrar al culpable sin demasiado problema.

–Sin embargo, si es lo suficientemente inteligente como para ir de un café a otro...

–En ese caso, se tardaría un poco más, pero lo podría encontrar igualmente. Por supuesto, si no tienes secretos podrías salir bien parado de esta situación.

–¿Existe un adulto sin uno o dos secretos ocultos?

–En ese caso...

–Sin embargo, tal y como lo has dicho, implicando algo malo, algo que ha de ocultarse... No se me ocurre ningún secreto inconfesable que yo pudiera tener bajo llave, pero hay ciertas cosas que preferiría que no salieran a la luz.

–¿De verdad te preocupa tanto lo que el público piense de ti? Tal vez tenga que ver más bien con tu empresa... Lo siento, pero no sé cómo funciona el mundo de los negocios a gran escala, pero supongo que, si lo que sea sale a la luz y afecta a las acciones de tu empresa, puede que entonces tampoco te haga mucha gracia.

–Tengo una hija.

–¿Que tienes una hija?

–Creía que te habías enterado de eso cuando me investigaste por Internet –dijo Alessio secamente.

–Ya te dije que había examinado la información muy por encima. Hay muchos artículos sobre ti y, sinceramente, ya te dije que quería acotar la búsqueda a los artículos que pudieran indicar que tenía que tener cuidado con quién me relacionaba. Como te he dicho, me limito a buscar y leer la información que es relevante para mí. Una hija, entonces...

–Sí. Veo que aún no puedes borrar la incredulidad de tu voz... Estoy seguro de que te has encontrado con mucha gente que tenga hijos.

–Sí, claro, pero...

–¿Pero?

–¿Por qué me da la sensación de que te estás burlando de mí? –le preguntó ella muy arrebolada.

–Discúlpame –dijo él con una sonrisa–, pero es que te sonrojas de un modo tan bonito...

–¡Eso es lo más ridículo que he escuchado en toda mi vida! –exclamó Lesley. Ciertamente, era ridículo. ¿Bonita ella? Aquello era algo que ciertamente no era. Tampoco iba a permitir que aquel hombre, aquel dios que podría poseer a cualquier mujer que deseara, le afectara de aquel modo.

–¿Por qué es ridículo?

–Sé que probablemente eres uno de esos hombres que dice piropos y halagos a todas las mujeres que te encuentras, pero me temo que yo no me dejo llevar por cumplidos sin contenido alguno...

¿Por qué demonios estaba reaccionando de aquella manera? ¿Por qué se había puesto a la defensiva por una tontería como aquella?

En lo que se refería a los negocios, Alessio raramente perdía de vista a su objetivo. En aquellos momentos, no solo lo había perdido, sino que tampoco le importaba.

–¿Te dejas llevar por los cumplidos que sí consideras auténticos?

–Yo... yo...

–Estás tartamudeando. No quería hacer que te sintieras incómoda.

–No... no me siento incómoda.

–Me alegro entonces.

Lesley lo miró sin saber cómo reaccionar. No solo era sexy e invitaba al pecado. Era un hombre muy guapo. En las fotos no lo había parecido, pero Lesley tampoco las había mirado detenidamente. En aquel momento, deseó haberlo hecho para que, al menos, pudiera haberse preparado para la clase de efecto que él podría ejercer sobre ella.

No obstante, tenía que admitir que ella se habría seguido considerando por encima de cualquier hombre, por muy guapo que él pudiera ser. En lo que se refería a asuntos del corazón, siempre se había enorgullecido de ser una mujer práctica. Conocía sus limitaciones y las aceptaba. Cuando llegara el momento de que quisiera tener una relación, sabía que no elegiría al hombre que se dejara llevar por el aspecto, sino por el que disfrutara con la inteligencia y la personalidad.

–Me estabas hablando de tu hija...

–Mi hija –suspiró Alessio mientras se mesaba el cabello con las manos.

Fue un gesto de duda que parecía no concordar con su personalidad. Aquello llamó mucho la atención a Lesley.

–¿Dónde está? Creía que me habías dicho que no tenías familia. ¿Dónde está tu esposa?

–Dije que no tenía familia viviendo aquí –le corrigió Alessio–. Y, efectivamente, no tengo esposa. Ella murió hace dos años.

–Lo siento mucho.

–No hay necesidad alguna de lágrimas o compasión –comentó él–. Además, cuando digo esposa, debería decir exesposa. Bianca y yo ya llevábamos divorciados bastante tiempo.

–¿Cuántos años tiene tu hija?

–Dieciséis. Y, para evitarte que tengas que hacer cuentas, digamos que ella llegó inesperadamente a mi vida cuando yo tenía dieciocho años.

–¿Tuviste una hija a los dieciocho años?

–Bianca y yo llevábamos saliendo más o menos tres meses cuando ella me dijo que la píldora le había fallado y que yo iba a ser padre –dijo con un gesto adusto en el rostro. El pasado aún le provocaba un cierto amargor de boca.

Desgraciadamente, no podía evitar compartir cierta cantidad de información confidencial porque le daba la sensación que, fuera lo que fuera lo que buscaba la persona que le había enviado aquellos correos, el asunto tenía que ver con su hija.

—Y a ti no te hizo mucha gracia.

—Bueno, digamos que tener una familia no ocupaba un puesto muy alto en mi listado de prioridades. De hecho, sería más exacto decir que ni siquiera se me había pasado por la cabeza. Sin embargo, como era de esperar, hice lo que debía y me casé con ella. La unión era del gusto de ambas familias hasta que se hizo evidente que la familia de mi esposa no era tan rica como parecía. Sus padres tenían muchas deudas y yo era una pareja muy conveniente para su hija por las ventajas financieras que me acompañaban.

—¿Ella se casó contigo por tu dinero?

—A nadie se le ocurrió investigar un poco –comentó él mientras se encogía de hombros–. Me estás mirando como si acabara de aterrizar de otro planeta.

Ella se aclaró la garganta con gesto nervioso.

—No estoy muy familiarizada con las personas que tan solo se casan pensando en el dinero –contestó ella con sinceridad.

Alessio levantó las cejas.

—En ese caso, sí que venimos de planetas diferentes. Mi familia tiene, como yo, mucho dinero. Créeme si te digo que estoy bien familiarizado con las tácticas que las mujeres son capaces de emplear para tener acceso a mi cuenta corriente –dijo él mientras cruzaba las piernas con gesto relajado–, pero, se podría decir que, el gato escaldado, del agua fría huye.

Lesley prestaba atención a todo lo que él le decía. Tal vez por eso Alessio había terminado dándole más detalles de los que había pensado en un principio. No le había mentido cuando le había dicho que su desgraciada experiencia con su ex le había dejado algo tocado en lo que se refería a las mujeres y a lo que estas eran capaces de hacer para asegurarse un trozo del pastel. Él era un hombre rico y a las mujeres les gustaba el dinero. Por lo tanto, era obligatorio para él andarse con cuidado en su relación con el sexo opuesto.

Sin embargo, la mujer que tenía sentada frente a él no podía haber estado menos interesada en sus ganancias. Alessio jamás se había encontrado con aquella situación en toda su vida, y le resultaba sexy y muy atractivo.

–¿Quieres decir que no tienes intención alguna de volver a casarte? Lo entiendo. Supongo además que tu hija debe de significar mucho para ti.

–Por supuesto –dijo él–. Aunque voy a ser el primero en admitir que las cosas no han sido fáciles entre nosotros. Al principio, tuve relativamente poco contacto con Rachel debido al afán de venganza de mi esposa. Ella vivía en Italia, pero viajaba mucho y habitualmente cuando yo organizaba una visita. Era capaz de sacar a nuestra hija del colegio sin aviso previo para asegurarse de que mi viaje a Italia fuera una pérdida de tiempo.

–Es horrible...

–En cualquier caso, cuando Bianca murió, Rachel como era de esperar vino a vivir conmigo. Sin embargo, a la edad de catorce años era prácticamente una desconocida para mí. Además, se mostraba bastante hostil. Francamente, todo fue una pesadilla.

–Seguramente echaba de menos a su madre...

Lesley apenas si recordaba a su propia madre, pero la echaba mucho en falta en su vida. Debía de haber sido muy traumático para una niña de catorce años perder a su madre, sobre todo cuando a esa edad era cuando más se necesitaban sus consejos.

–Gracias a las malas costumbres de mi ex, iba bastante retrasada en el colegio. Además, se negaba a hablar inglés en la clase, por lo que prácticamente resultaba imposible enseñarle nada. Al final, la única opción me pareció llevarla a un internado. Por suerte, parece sentirse mucho mejor allí. Al menos, no ha habido llamadas amenazando con la expulsión.

–Un internado...

Alessio frunció el ceño.

–Lo dices como si fuera una cárcel.

–No me puedo imaginar el horror de verme separada de mi familia. Mis hermanos eran muy malos conmigo cuando yo era pequeña, pero éramos una familia. Mi padre, mis hermanos y yo.

Alessio inclinó la cabeza y la miró. Sintió la tentación de preguntarle si esa era la razón de que hubiera elegido una profesión asociada más frecuentemente al sexo masculino y de que llevara ropa más propia de un hombre. Sin embargo, la conversación ya se había desviado demasiado del asunto que tenían entre manos. Cuando miró el reloj, descubrió que había pasado más tiempo del que había pensado en un principio.

–Mi instinto me dice que esos correos están relacionados de algún modo con mi hija –admitió–. La razón debería indicar que se relacionan más con el trabajo, pero no me imagino por qué alguien no se dirigiría directamente a mí si tuviera algo que ver con mis empresas.

–No. Y si eres tan honesto como dices que eres...

–¿Acaso dudas de mi palabra?

Lesley se encogió de hombros.

–No creo que eso sea en realidad asunto mío. La única razón por la que lo mencioné es porque podría ser pertinente para descubrir quién está detrás de todo esto. Por supuesto, seguiré trabajando para solucionar el problema, pero si se llega a establecer que la amenaza tiene que ver con tu trabajo, tal vez pudieras señalar tú mismo al culpable.

–¿Cuántas personas te imaginas que trabajan para mí?

–Ni idea –admitió ella–. ¿Unas cien?

–Veo que leíste muy por encima todos esos artículos que encontraste en la red...

–Las empresas que tengas no me interesan –le informó ella con aire de superioridad–. Tal vez a mí se me den bien las matemáticas, pero los números solo me importan en lo que se refiere a mi trabajo. En realidad, se me da bien el cálculo, pero es realmente la parte artística de mi trabajo la que más me gusta. De hecho, solo hice matemáticas en la universidad porque Shane, uno de mis hermanos, me dijo que era una carrera de hombres.

–Miles.

Lesley lo miró sin comprender durante unos segundos.

–¿De qué estás hablando?

–Miles. En varios países. Soy el dueño de varias empresas y doy trabajo a miles de empleados, no cientos. Sin embargo, eso no importa. Esto no tiene nada que ver con mi trabajo, sino con mi hija. El único problema es que la relación que los dos tenemos no es muy buena y si le cuento mis sospechas, si le pregunto sobre sus amigos, sobre si alguien se comporta de un modo raro, si le hago demasiadas preguntas... Bueno, no creo que el resultado de esa conversación fuera muy bueno. ¿Y qué habrías estudiado si no hubieras hecho matemáticas?

El tiempo había pasado sin que estuvieran más cerca de solucionar el problema. Sin embargo, él se sentía empujado a hacerle aún más preguntas sobre sí misma.

Lesley lo miró con sorpresa. Le había sorprendido el cambio de tema.

–Dijiste que solo estudiaste matemáticas porque tu hermano te dijo que no podías.

–Nunca me dijo que no podía –replicó ella sonriendo. Shane era dos años mayor que ella y Lesley estaba convencida de que el único propósito que él tenía en la vida era meterse con ella. Era abogado y trabajaba en Dublín, pero aún seguía sacándola de sus casillas como cuando eran niños–. Me dijo que era un tema de hombres, lo que inmediatamente me animó a estudiarlo.

–Crecer siendo la única mujer en una familia de hombres te llevó a pensar que eras capaz de hacer todo lo que tus hermanos hacían.

–Me pregunto qué tiene que ver todo esto con la razón por la que he venido aquí –dijo ella. Se sacó el teléfono móvil para mirar la hora y se sorprendió al ver el tiempo que había pasado–. Siento no haber podido solucionarte el problema inmediatamente. Comprendería perfectamente que decidieras confiarle este asunto a otra persona, alguien que pueda concentrarse exclusivamente en esto. No debería llevarte mucho tiempo, pero algo más que un par de horas.

–¿Habrías estudiado Arte? –le preguntó él, como si no hubiera escuchado nada de lo que Lesley acababa de decir. Lesley le lanzó una mirada de exasperación.

–En realidad, lo hice. Realicé algunos cursos. Fue una buena decisión. Me ayuda en mi trabajo.

–No tengo interés alguno en confiarle este problema a nadie más.

–No me puedo concentrar exclusivamente en este trabajo.

–¿Por qué no?

–Porque yo ya tengo un trabajo de nueve a cinco. Y

vivo en Londres. Cuando llego a mi casa, normalmente después de las siete, estoy agotada. Lo último que necesito es tratar de solucionar tu problema a distancia.

–¿Y quién ha dicho nada de hacerlo a distancia? Tómate unos días y vente aquí.

–¿Cómo dices?

–Una semana. Seguramente te deben algunos días de vacaciones... Tómatelos y vente aquí. Tratar tan solo de resolver esto no es la solución. No tendrías suficiente tiempo para hacerlo bien y, además, aunque podría ser que con esto tuvieras que descubrir algo de mi pasado, también podría tener algo que ver con la vida de mi hija. Con algo que esta persona considera que es un riesgo si se supiera. ¿Has pensado eso?

–Se me había pasado por la cabeza –admitió ella.

–En ese caso, si te mudaras aquí, podríamos atacar doblemente este problema.

–¿Qué quieres decir?

–Mi hija ocupa varias habitaciones de la casa, lo que significa que ha ido extendiendo sus cosas por todas partes. Tiene un millón de libros, prendas de vestir, al menos un ordenador, tabletas... Si esto tiene que ver con Rachel, podrías tener más a mano revisar todas sus cosas.

–¿Quieres que invada su intimidad registrando sus cosas?

–Si es para bien...

Los dos se miraron y, de repente, Lesley se vio seducida por la tentación de aceptar su oferta, de correr riesgos.

–¿De qué sirven los escrúpulos? Sinceramente, no veo el problema. ¿No crees que tu empresa te dejaría tomarte una semana de vacaciones?

–No se trata de eso.

–Entonces, ¿de qué se trata? ¿Un novio posesivo, tal

vez? ¿Es que no te pierde de vista ni siquiera cinco minutos?

Lesley lo miró con desdén.

—Yo jamás mantendría una relación con alguien que no me quisiera perder de vista ni siquiera cinco minutos. ¡No soy una de esas mujeres patéticas que ansían la atención de un hombre grande y fuerte!

De repente, se imaginó a Alessio, grande, fuerte y poderoso, protegiendo a su mujer, haciendo que ella se sintiera pequeña, frágil y delicada. Lesley jamás se había considerado una mujer delicada. Era demasiado alta, demasiado masculina, demasiado independiente. Resultaba ridículo experimentar aquella extraña sensación en el estómago y estar dando gracias a Dios porque él no pudiera leerle el pensamiento.

—Así que no hay novio —murmuró Alessio—. Entonces, explícame por qué encuentras razones para no hacer este trabajo. No quiero tener que contárselo a nadie más. Tal vez tú no seas lo que yo esperaba, pero eres buena en tu trabajo y confío en ti. Si alguien tiene que registrar las cosas de mi hija, es imperativo que lo haga una mujer.

—No me parece ético registrar las cosas de otra persona...

—¿Y si por hacerlo le libras de una situación peor? Creo que Rachel no está preparada para enfrentarse a revelaciones que podrían dañar los cimientos de su joven vida. Además, yo no estaría mirando por encima de tu hombro. Podrías imponerte tu propio horario. De hecho, yo estaré en Londres la mayor parte del tiempo y solo regresaría aquí algunas tardes.

Lesley abrió la boca para protestar. Todo aquello era tan repentino, tan fuera de lo común... Sin embargo, él siguió hablando antes de que ella pudiera articular palabra.

–Además, mi hija regresa dentro de unos días. Este trabajo tiene una fecha límite muy concreta. Entiendo que tengas reservas, pero yo debo solucionar este problema y creo que tú eres la más indicada. Por lo tanto, te lo ruego.

Lesley escuchó sus palabras y apretó los dientes de frustración. En muchos sentidos, lo que él decía tenía sentido. Aunque aquel trabajo le llevara un par de días, no lo podría resolver si trabajaba a distancia durante media hora todas las tardes. Además, si tenía que ver si su hija había utilizado sus ordenadores para algo que pudiera relacionarse con aquel asunto, tenía que estar en la casa, donde tenía todos los equipos a mano. No era algo que quisiera hacer, dado que su opinión era que todo el mundo se merecía tener intimidad, pero en ocasiones la intimidad tenía que quebrantarse como medio de protección.

Sin embargo, irse a vivir a aquella casa, compartir el espacio con él... Alessio Baldini tenía la capacidad de ejercer una turbadora influencia sobre su pulso. ¿Cómo iba a poder vivir bajo el mismo techo que él?

No obstante, el pensamiento la atraía con la fuerza de lo prohibido.

Alessio la observaba atentamente y sospechó que tenía ventaja. Bajó los ojos.

–Si no haces esto por mí... y sé que resulta muy inconveniente para ti... entonces, hazlo por mi hija, Lesley. Tiene dieciséis años y es muy vulnerable.

Capítulo 3

Y A ESTAMOS...
Alessio abrió la puerta de la suite y se hizo a un lado para que Lesley pudiera pasar.

Habían pasado tan solo unas pocas horas desde que él la había convencido para que se mudara a su casa. Veía que ella tenía sus dudas, pero la quería a su lado y era un hombre acostumbrado a conseguir lo que deseaba a cualquier precio. Por lo que a él se refería, su propuesta era de lo más lógica. Si Lesley tenía que buscar pistas entre las cosas de su hija, el único modo en el que podría hacer era estando allí, en su casa. No había otra manera.

Desgraciadamente, no había anticipado aquella eventualidad. Había pensado que se trataría simplemente de seguir una serie de pistas en su ordenador para llegar directamente a quien fuera responsable del envío de los correos.

Dado que aquello no iba a ser tan fácil como había pensado en un principio, había sido un golpe de suerte que la persona que iba a trabajar en el caso fuera una mujer. Ella comprendería cómo funcionaba la mente femenina y sabría cómo encontrar la información que pudiera resultarle útil.

Además...

Miró a Lesley mientras ella entraba en la suite. Había algo en aquella mujer... A pesar de que una parte de él desaprobaba por completo su manera de ser, otra se sentía profundamente intrigada.

¿Cuándo había sido la última vez que había estado en compañía de una mujer que no dijera lo que quería que él escuchara? ¿Acaso había estado alguna vez en compañía de una mujer que no dijera tan solo lo que quería que él escuchara?

Alessio era producto de una vida de privilegios. Había crecido rodeado de servicio doméstico, chóferes y, de repente, su vida había cambiado por completo al convertirse en padre. Había empezado a no tener la libertad de cometer errores de juventud y poder aprender de ellos con el tiempo. Había adquirido una serie de responsabilidades sin invitación alguna y, además de eso, se había dado cuenta de que lo habían utilizado por su dinero.

Casi sin salir de la adolescencia, había descubierto la amarga verdad: su fortuna siempre sería un objetivo para ciertas personas. Jamás podría relajarse en compañía de cualquier mujer sin sospechar que ella estaba buscando una oportunidad. Siempre tendría que estar de guardia, siempre vigilante, siempre asegurándose de que nadie se acercaba demasiado.

Era un amante generoso y no tenía ningún problema en compartir su cama con una mujer, pero sabía muy bien dónde marcar la línea y era firme a la hora de asegurarse de que ninguna mujer se le acercaba demasiado, ciertamente no lo suficiente para que pudiera albergar esperanzas de que lo que había entre ellos durara.

Resultaba poco frecuente encontrarse en una situación como aquella. Estar cerca de una mujer cuando el sexo no formaba parte del menú. Más inusual aún resultaba encontrarse en aquella situación con una mujer que no realizaba esfuerzo alguno por agradarle.

–Esperaba un simple dormitorio –dijo Lesley tras volverse para mirarlo–. Pósteres en las paredes, peluches... Esa clase de cosas.

–Rachel ocupa un ala entera de la casa. En realidad, hay tres dormitorios, junto con un salón, un estudio, dos cuartos de baño y un gimnasio –comentó mientras se acercaba a ella–. Esta es la primera vez que he entrado en esta parte de la casa desde que mi hija regresó por última vez del internado para pasar las vacaciones. Cuando vi el estado en el que se encontraba, llamé inmediatamente a Violet, quien me informó que, tanto ella, como el resto de los miembros del servicio, tenían prohibida la entrada.

Alessio tenía la desaprobación reflejada en el rostro. Lesley lo comprendía perfectamente. Parecía que había estallado una bomba en aquel lugar. El suelo del pequeño vestíbulo apenas resultaba visible por la ropa y los libros que había tirados por el suelo. A través de las puertas abiertas, pudo ver que el resto de las habitaciones parecían estar en un estado de caos muy similar.

Revistas por todas partes, zapatos que se habían quitado de una patada y que habían caído en lugares dispares, libros de texto abiertos por el suelo... Revisar todo aquello iba a llevarle mucho tiempo.

–Los adolescentes son personas muy reservadas –dudó Lesley–. No les gusta que se invada su espacio.

Entró en el primero de los dormitorios y luego hizo lo mismo con el resto de las estancias. Era plenamente consciente de que Alessio la estaba observando. Tenía la extraña sensación de estar siendo manipulada. ¿Cómo había terminado allí? Se sentía implicada en todo aquello. Ya no estaba haciendo un trabajo fuera de su horario laboral para ayudar al amigo de su padre. Estaba metida en los asuntos personales de una familia y no estaba del todo segura de por dónde empezar.

–Haré que Violet ordene estas habitaciones a primera hora de la mañana –dijo Alessio por fin cuando ella regresó a su lado–. Al menos, te resultará más fácil empezar.

–Probablemente no sea muy buena idea. A los adolescentes les gusta escribir cosas en trozos de papel. Si hay algo que descubrir, seguramente será ahí donde lo encontraré y eso es precisamente la clase de cosas que alguien que venga a limpiar tirará a la basura. ¿Es que no tienes ningún tipo de comunicación con tu hija? –le preguntó después de pensarlo un instante–. Es decir, ¿cómo es posible que ella haya conseguido que sus habitaciones se mantengan en este estado?

Alessio miró a su alrededor y se dirigió a la puerta.

–Rachel ha pasado aquí la mayor parte del verano mientras que yo he estado en Londres. Venía de vez en cuando. Evidentemente, ha intimidado a los del servicio doméstico para que no se acerquen a sus habitaciones y ellos han obedecido.

–¿Que venías de vez en cuando?

Alessio se detuvo y la miró con frialdad.

–Estás aquí para tratar de solucionar un problema informático, no para juzgar mis habilidades como padre.

Lesley suspiró con evidente exasperación. Había tenido que trasladarse hasta allí con gran celeridad. Alessio incluso la había acompañado a su despacho con el pretexto de ver a qué se dedicaba su empresa. Había impresionado a su jefe de tal manera que Jake no había tenido problema alguno en darle a Lesley la semana de vacaciones.

Por lo tanto, tras encontrarse en una situación que ella ni siquiera había elegido, no iba a permitir que él la sermoneara de aquella manera tan condescendiente.

–No estoy expresando mi opinión sobre tus habilidades como padre –replicó ella–. Estoy tratando de comprender una situación. Si veo todo lo que ocurre en esta casa, tendré mejor idea de cómo y dónde proceder. Es decir, si descubro quién es responsable de esos correos, podría ser que no supiéramos por qué los está enviando. Podría cerrarse en banda y negarse a decir nada. Entonces, podría ser que tú siguieras con un problema entre manos que tiene que ver con tu hija.

Habían llegado ya a la cocina, que era enorme y estaba dominada por una gran mesa de roble. Todo en aquella casa era muy grande, incluso los muebles.

–Podría ser que los correos no tuvieran nada que ver con Rachel. Esa es otra posibilidad –comentó él mientras sacaba una botella de vino del frigorífico y dos copas de uno de los aparadores.

Olía muy bien a comida. Lesley miró a su alrededor buscando a Violet, que parecía ser una presencia invisible aunque constante en la casa.

–¿Dónde está Violet? –le preguntó ella.

–Se marcha por las noches. Trato de que el personal del servicio doméstico no se vea encadenado a la casa por las noches –respondió mientras le ofrecía una copa de vino–. Nos ha preparado un estofado de carne de ternera. Está en el horno. Podemos tomarlo con pan, si te apetece.

–Por supuesto –dijo ella–. ¿Así es como funcionan las cosas cuando estás aquí? ¿Te preparan las cenas para que lo único que tengas que hacer sea encender el horno?

–Una de las empleadas se suele quedar cuando Rachel está aquí –respondió Alessio sonrojándose. Entonces, se dio la vuelta para que ella no lo viera.

En aquel momento, Lesley comprendió la situación con tanta claridad como si la estuviera viendo con sus propios ojos. Alessio se sentía tan incómodo con su hija que prefería tener presente a una tercera persona. Seguramente, Rachel sentía lo mismo. Dos personas, padre e hija, que se sentían como dos desconocidos en aquella casa.

Alessio no había formado parte de la infancia de la pequeña. Había visto cómo sus esfuerzos se veían rechazados por una vengativa esposa y, en aquellos momentos, se encontraba junto a una adolescente a la que no conocía. Él, por naturaleza, tampoco era la clase de persona que se relacionara fácilmente con otros. En ese ambiente, cualquier persona malintencionada podría haber encontrado un recoveco para poder tratar de desestabilizarlos.

—Entonces, ¿nunca estás a solas con tu hija? En ese caso, por supuesto que no tienes ni idea de lo que pasa en su vida, en especial dado que pasa la mayor parte de su tiempo fuera de casa. Sin embargo, me decías que podría ser que esto no tuviera que ver directamente con Rachel. ¿Qué querías decir exactamente con eso?

Ella observó cómo Alessio llevaba la comida a la mesa y volvía a llenar las copas de vino.

—Lo que estoy a punto de decirte se queda entre las paredes de esta casa, ¿está claro?

Lesley se quedó inmóvil, con la copa a medio camino entre los labios y la mesa. Lo miraba con profundo asombro.

—¿Y te ríes de mí por pensar que podrías tener vínculos con la Mafia?

Alessio la miró y sacudió la cabeza antes de esbozar una ligera sonrisa.

—Está bien, tal vez he sido un poco melodramático.

Lesley se quedó sin aliento al ver aquella sonrisa. Resultaba tan encantadora, tan espontánea... Parecía que, cuanto más tiempo pasaba en compañía de Alessio, más intrigante y complejo volvía él a sus ojos. No era simplemente un hombre muy rico que le había encargado un trabajo, sino un hombre cuya personalidad tenía tantas facetas que resultaba imposible de asimilar. Lo peor de todo era que estaba empezando a sentirse atrapada y bastante asustada.

—Yo no suelo dejarme llevar por el melodrama –añadió él–. ¿Y tú?

—Nunca –respondió Lesley mientras se relamía los labios con nerviosismo–. ¿Qué es lo que ibas a decirme que tiene que quedarse entre estas paredes?

Él la miró durante unos instantes.

—Es poco probable que nuestro hombre se haya adueñado de esta información, pero, por si acaso, se trata de datos que no me gustaría que me hija conociera y, ciertamente, mucho menos que llegaran a la opinión pública.

Se tomó el vino que le quedaba en la copa y comenzó a servir la comida en los platos, que ya estaban sobre la mesa junto con los cubiertos y las copas.

Lesley lo observaba completamente hipnotizada por la elegancia de sus movimientos. Además, el vino y la oscuridad que reinaba en el exterior le proporcionaban un agradable sopor. Tomó la copa entre los dedos y lo observó atentamente.

Él no la estaba mirando. Se concentraba en no derramar la comida. Tenía la expresión de alguien que está poco acostumbrado a realizar aquel tipo de tareas.

—No pareces muy cómodo con el cucharón –comentó ella.

Alessio la miró y vio que ella estaba observándolo atentamente mientras jugueteaba con un colgante que llevaba enganchado a una cadena de oro. De repente, sin razón alguna, la respiración se le aceleró y el calor se apoderó de su cuerpo con una fuerza inesperada. Su libido, que no había despertado en los últimos dos meses, cobró vida con tanta urgencia que él tuvo que contener el aliento.

Sabía que Lesley no estaba tratando de seducirlo, pero, de algún modo, podía sentir que así era.

–Me apuesto algo a que no cocinas mucho para ti.

–¿Cómo dices? –preguntó –Alessio, tratando de controlarse. Una erección se apretaba contra la cremallera del pantalón, firme y dolorosa. Fue un gran alivio volver a sentarse.

–He dicho que no parece que te resulte familiar manejar cacerolas y cazos –dijo Lesley mientras empezaba a comer el estofado, que estaba delicioso.

Deberían estar hablando de trabajo, pero el vino le había hecho sentirse muy relajada y había permitido que su curiosidad se hiciera cargo de la conversación. Debería haberse reprimido, porque la curiosidad tenía sus peligros, pero como estaba algo contenta por el vino, quería saber algo más sobre él.

–No, no suelo cocinar.

–Supongo que siempre puedes hacer que otro cocine por ti. Chefs de categoría, amas de llaves o tal vez simplemente tus novias.

Se preguntó cómo serían sus novias. Tal vez su matrimonio había sido complicado y había terminado en divorcio, pero seguramente habría tenido muchas novias.

–No dejo que las mujeres se acerquen a mi cocina –comentó él.

Le divertía la curiosidad que ella mostraba. Con un poco de alcohol en el cuerpo, Lesley parecía más relajada, menos a la defensiva.

La erección aún seguía palpitándole entre las piernas. No podía evitar mirarle la boca y más abajo, donde el escote de la camiseta le permitía ver el inicio de las clavículas y la promesa de los delicados senos. No tenía mucho pecho y lo poco que se adivinaba jamás se dejaba ver.

–¿Por qué? ¿Es que nunca sales con mujeres a las que les guste cocinar?

–No les pregunto nunca si les gusta cocinar o no –respondió él secamente mientras se terminaba el vino y se servía otra copa–. He descubierto que, en el momento en el que una mujer empieza a hablar de lo maravillosa que es la comida casera, ese hecho marca el fin de la relación.

–¿Qué quieres decir? –le preguntó ella muy sorprendida.

–Que lo último que necesito es que alguien trate de demostrar que es una diosa doméstica en mi cocina. Prefiero que las mujeres con las que salgo no se acomoden demasiado.

–¿Por si empiezan a pensar en la permanencia?

–Eso me hace pensar de nuevo en lo que quería decir.

Aquel turbador momento de intensa atracción sexual comenzó a remitir poco a poco. Alessio se preguntó cómo había sido posible que surgiera. Lesley no se parecía en nada a las mujeres con las que él salía. Podría ser que su inteligencia o el extraño papel que ocupaba como receptora de información, papel que ninguna otra mujer había tenido, junto a lo diferente que era su aspecto, hubieran creado una enrevesada conspiración en su contra.

Además, su conversación tenía una cierta intimidad que podría haber pasado a formar parte de la mezcla y se hubiera convertido en una poderosa magia dañina.

Lo peor era que, en su interior, una vocecita le preguntaba qué iba a hacer al respecto.

—Tengo una gran cantidad de correspondencia guardada que podría resultar muy dañina.

—¿Correspondencia?

—Sí, cartas, de las de toda la vida.

—¿Relacionadas con tus empresas?

—No. No están relacionadas con mi empresa, así que puedes dejar de pensar que has descubierto algo podrido. Ya te dije que, en mis negocios, soy completamente legal.

Lesley lanzó un largo suspiro de alivio. Se habría sentido muy incómoda si él hubiera confesado algo oscuro, en especial considerando que estaba a solas con él en su casa. Por supuesto, no tenía nada que ver con el hecho de que ella se habría sentido desilusionada en él como hombre si hubiera formado parte de algo ilegal.

—Entonces, ¿de qué se trata? ¿Qué relevancia puede tener para el caso?

—Esto podría hacerle mucho daño a mi hija. Ciertamente, si llegara a oídos de la prensa, me molestaría mucho. Si te lo cuento, podría venirte bien para descubrir si estos correos tienen algo que ver con este tema.

—Tienes demasiada confianza en mis habilidades. Tal vez se me dé bien mi trabajo, pero no hago milagros.

—Bueno, se me ocurrió que podría haber referencias en los correos que podrían señalar a una dirección concreta.

—Y te parece que tengo que saber la dirección que podrían señalar para que pueda entender de qué va todo esto.

—Algo por el estilo.

—¿Y es que no lo has visto tú ya?

—He de reconocer que leí esos correos atentamente

por primera vez el día en el que te contraté. Antes de eso, me había limitado a guardarlos, pero sin haberlos examinado en profundidad. No puedo estar seguro, pero tenemos que cubrir todas las posibilidades.

—¿Y si encuentro algún vínculo?

—Entonces, sabré qué opciones tengo en lo que se refiere al autor de esos correos.

Lesley suspiró y se revolvió el cabello con los dedos.

—¿Sabes? Nunca antes me había visto en una situación como esta.

—Pero has tenido un par de situaciones comprometidas.

—No tan complicadas como esta. Esas situaciones comprometidas de las que hablas implican amigos de amigos que imaginan que puedo descubrir aventuras matrimoniales pinchando los ordenadores.

—¿Y esto?

—Aquí hay muchas capas o por lo menos eso es lo que me parece.

Y no estaba segura de querer descubrirlas. Le molestaba que él pudiera ejercer un efecto tal sobre ella, hasta el punto de conseguir que ella se tomara vacaciones para ayudarlo. Además, no podía dejar de mirarlo... Por supuesto, Alessio era muy guapo, pero, normalmente, en lo que se refería a los hombres ella era muy sensata y aquel estaba fuera de sus límites. El abismo que los separaba era tan grande que podrían estar viviendo en planetas diferentes.

Sin embargo, sus ojos no hacían más que buscarlo, lo que le preocupaba enormemente.

—Tuve más de una razón para divorciarme de mi esposa —dijo él después de unos instantes.

Dudó de nuevo, porque jamás compartía confidencias con nadie. Desde la edad de dieciocho años había aprendido a guardarse sus opiniones. En primer lugar, por vergüenza por haber sido engañado por una chica con la que tan solo llevaba saliendo unos meses, una chica que le había hecho creer que estaba tomando la píldora. Más tarde, cuando, como era de esperar, el matrimonio fracasó, él había desarrollado una sorprendente habilidad para ocultar sus sentimientos y sus pensamientos. Era su manera de protegerse contra el sexo opuesto y no volver a cometer un nuevo error.

Sin embargo, en aquellos momentos...

Lesley lo miraba con sus inteligentes ojos. Se recordó que no necesitaba protección contra aquella mujer porque ella no poseía motivos ocultos.

—Bianca no solo me engañó para conseguir casarse conmigo, sino que también consiguió engañarme y hacerme creer que estaba enamorada de mí.

—Eras tan solo un muchacho... Esas cosas ocurren.

—¿Y por qué lo sabes tú?

—En realidad no lo sé. Yo no era una de esas chicas a las que los chicos hacían creer que estaban enamorados. Sigue.

Alessio la miró fijamente. Estuvo a punto de preguntarle sobre aquella afirmación, pero no lo hizo.

—Nos casamos y, poco después de que Rachel naciera, mi esposa empezó a coquetear con otros hombres. Al principio lo hacía discretamente, pero eso no duró mucho. Nos movíamos en ciertos círculos y tratar de averiguar con quién se quería acostar ella y cuándo se le insinuaría se convirtió en algo muy aburrido.

—Debió de ser horrible para ti...

—No fue algo maravilloso —admitió él.

—¡Por supuesto que no! A ninguna edad, pero mucho menos cuando prácticamente eres un niño y no estás preparado para enfrentarte a esa clase de desilusión.

–No... –susurró él. Entonces, se encogió de hombros.

–Entiendo perfectamente por qué quieres proteger a tu hija para que no sepa que su madre era... promiscua.

–Aún hay más –declaró él–. Cuando nuestro matrimonio estaba tocando fondo, durante una de nuestras peleas, Bianca implicó que Rachel no era hija mía. Después, se retractó y dijo que no sabía lo que decía. Solo Dios lo sabe. Probablemente se dio cuenta de que Rachel era su único modo de conseguir mi dinero y lo último que iba a hacer era poner en peligro su fuente de ingresos. Sin embargo, las palabras ya estaban dichas y, por lo que a mí se refería, ya no se podían borrar.

–Lo entiendo...

–Un día, cuando ella se marchó de compras, yo regresé pronto de mi trabajo y decidí, siguiendo un impulso, registrar sus cajones. A estas alturas ya dormíamos en habitaciones separadas. Encontré un montón de cartas, todas del mismo hombre, un chico al que conoció con dieciséis años cuando estaba de vacaciones en Mallorca. Un amor de juventud. Enternecedor, ¿no te parece? Mantuvieron el contacto y ella siguió viéndolo cuando estaba casada conmigo. Por lo que leí entre líneas, deduje que él era el hijo de un pescador pobre, alguien a quien los padres de Bianca no habrían recibido con los brazos abiertos.

–No.

–El estilo de vida de los ricos y famosos –se mofó él–. Supongo que te alegras de no ser uno de los más privilegiados.

–En realidad, nunca lo he pensado mucho, pero ahora que lo dices... –comentó, con una sonrisa.

–No sé si la aventura terminó cuando el comportamiento de Bianca se descontroló aún más, pero ciertamente me hizo preguntarme si ella habría dicho la verdad cuando me comentó que Rachel no era en realidad mi hija biológica. No era que me importara en absoluto, pero...

—Supongo que querrías saber la verdad.

—Sí. Las pruebas demostraron sin lugar a dudas que Rachel era mi hija, pero supongo que comprenderás por qué esta información podría ser muy destructiva si viera la luz, en especial considerando la pobre relación que tengo con mi hija. Podría ser catastrófica. Rachel siempre dudaría de mi amor si pensara que yo me había hecho la prueba de paternidad para demostrar que era mía. Ciertamente, destruiría los recuerdos felices que tiene de su madre. A mí no me gustaría privarle a Rachel de sus recuerdos.

—Sin embargo, si esta información se mantuvo siempre en privado y aparecía solo en cartas manuscritas, no veo cómo se puede haber enterado alguien. No obstante, veré si encuentro algún nombre o cualquier detalle que pueda indicar que esta podría ser la base de las amenazas. Bueno, creo que debería irme a la cama —añadió de repente mientras se ponía en pie.

—Pero si ni siquiera son las nueve y media.

—Me gusta irme temprano a la cama —dijo, con incomodidad. Deseaba marcharse, pero tenía los pies clavados al suelo.

—Yo jamás he hablado tanto sobre mí mismo —murmuró Alessio. Resultaba evidente que estaba completamente perplejo—. No forma parte de mi modo de ser. Soy un hombre muy reservado, por lo tanto, no deseo que lo que te acabo de contar salga de las paredes de esta habitación.

—Por supuesto que no —le aseguró Lesley vigorosamente—. Además, ¿a quién se lo diría yo?

—Si alguien pudiera considerar chantajearme por esta información, a ti se te podría ocurrir lo mismo.

Era una deducción completamente lógica. Sin embargo, Alessio se sintió muy incómodo por habérselo dicho tan claramente. Notó que las mejillas de Lesley se ruborizaban por la ira. Se contuvo para no disculparse por ser más directo de lo que era estrictamente necesario.

–Me estás diciendo que no confías en mí.

–Te estoy diciendo que te guardes todo esto para ti. Nada de cotilleos de chicas en los aseos del trabajo o cuando te tomes una copa de vino con tus amigas. Y, ciertamente, nada de conversaciones de almohada con quien termines compartiendo tu cama.

–Gracias por decírmelo tan claramente –dijo Lesley fríamente–, pero sé muy bien cómo guardar un secreto y entiendo perfectamente que es esencial para ti que no se sepa nada de esto. Si tienes una hoja de papel, puedes redactarlo y te lo firmaré aquí mismo.

–¿Redactarlo?

–Sí. Estaré encantada de firmar las cláusulas que consideres necesarias para asegurarte mi silencio. Si revelo una sola palabra de lo que hemos hablado aquí, tienes mi permiso para mandarme a la cárcel y arrojar la llave.

–Pensaba que habías dicho que no te gustaba el melodrama.

–Me siento insultada por el hecho de que tú puedas pensar que yo rompería la confianza que has depositado en mí para que pueda hacer mi trabajo y que creas que no seré capaz de guardarme todos estos detalles.

Alessio se levantó para preparar café. Sintió cómo el ambiente se transformaba, del mismo modo que un felino es capaz de sentir la presencia de una presa con un simple cambio de viento. Las miradas de ambos se cruzaron y algo dentro de él, algo que se relacionaba con el instinto, le hizo darse cuenta que, por muy hiriente y mordaz que fuera el tono de voz de Lesley, ella estaba en sintonía con él en más de un sentido. Y uno de esos sentidos era el terreno sexual...

—Soy un hombre acostumbrado a tomar precauciones —murmuró con voz ronca.

—Lo entiendo —dijo ella. Sobre todo después de lo que le acababa de contar. Era normal que quisiera asegurarse de que ella no pensaba aprovecharse de todo lo que le había contado. Por lo tanto, él estaba en lo cierto. ¿Por qué debería sorprenderse?

Lo que había ocurrido era que, en aquel ambiente de confidencias, ella había decidido ignorar la realidad. Alessio no le había contado todo aquello porque ella fuera especial. Se lo había contado porque era necesario para que ella realizara más fácilmente su tarea.

—¿De verdad?

—Por supuesto —dijo ella—. Simplemente, no estoy acostumbrada a que se desconfíe de mí. Soy una de las personas más fiables que conozco en lo que se refiere a guardar un secreto.

—¿En serio?

Pocos centímetros los separaban en aquel instante. Alessio sentía el calor que emanaba de ella y volvió a preguntarse si su instinto estaría en lo cierto cuando parecía indicarle que no le era tan indiferente a Lesley como ella quería aparentar.

—¡Sí! —exclamó ella con una carcajada—. Cuando yo era una adolescente, era la persona a la que todos los chicos le contaban sus secretos. Sabían que yo jamás revelaría que les gustaba una chica o que me habían pedido consejo para impresionar...

—Está bien. Tú ganas.

—¿Significa eso que no me vas a pedir que firme nada?

–No. No tendrás que vivir con el temor de que yo te pueda mandar a la cárcel y arrojar la llave si me da la gana –susurró mientras bajaba los ojos para observar el abultamiento casi invisible de sus senos por debajo de la amplia camiseta.

–Te lo agradezco. Creo que no me habría resultado fácil trabajar para alguien que no confía en mí. En ese caso, empezaré a primera hora de la mañana –dijo ella. De repente, se había dado cuenta de lo cerca que estaban sus cuerpos, por lo que se apartó ligeramente–. Si no te importa, te agradecería que me llevaras hasta el ordenador y yo me pasaré toda la mañana con él. Por la tarde, comenzaré a examinar las cosas de tu hija. No es necesario que le pidas a tu ama de llaves que me prepare el almuerzo. Normalmente, como cualquier cosa. Te podré contar lo que haya descubierto cuando regreses por la noche o, si decides quedarte en Londres, te llamaré por teléfono.

Alessio afirmó con la cabeza. Tal vez no habría necesidad de todo eso. Tal vez se quedaría allí, en el campo. Resultaba mucho más relajante y mucho más útil en caso de que ella lo necesitara...

Capítulo 4

A LESLEY la vida no le estaba resultando particularmente relajante. Tras haber creído que Alessio se iría a Londres y que regresaría por la tarde, con muchas posibilidades de que decidiera quedarse en la ciudad al menos parte del tiempo, se quedó atónita cuando él la informó de que había cambio de planes.

–Voy a quedarme aquí –le dijo a la mañana siguiente de que ella se instalara en la mansión–. Es mejor.

Lesley no tenía ni idea de cómo había llegado a aquella conclusión. Ciertamente, no era mejor para ella que se quedara en la casa, molestándola, turbándola, colocándose en su línea de visión y, de ese modo, obligarla a ella a mirarlo.

–Seguramente, tendrás muchas preguntas y será más fácil si yo estoy aquí para contestarlas.

–Bueno, para eso está el teléfono –le había contestado ella. Se estaba empezando a imaginar cómo iba a resultar aquella semana.

–Además, me sentiría culpable dejándote aquí sola. La casa es muy grande. Mi conciencia no podría vivir con el pensamiento de que podrías sentir miedo al estar aquí sola.

Le había indicado a continuación dónde estaría su puesto de trabajo. Ella sintió que se le caía el alma a los pies cuando vio que iba a compartir espacio con él.

–Por supuesto, si te resulta incómodo trabajar tan

cerca de mí, te puedo trasladar a otro lugar. La casa tiene suficientes habitaciones como para que podamos improvisar un pequeño despacho para ti en una de ellas.

Lesley se había limitado a cerrar la boca. ¿Qué podía decir? ¿Que le resultaría muy incómodo trabajar tan cerca de él? ¿Que sentía hormigueos por todo el cuerpo cuando él se acercaba demasiado?

Había pasado de reconocer que él era muy sexy a aceptar que se sentía atraída por él. No entendía por qué, dado que Alessio no era la clase de hombre por el que ella había imaginado que se interesaría. Sin embargo, había dejado ya de resistirse. La presencia física de Alessio resultaba demasiado poderosa como para que ella pudiera ignorarla.

Por lo tanto, se pasaba las mañanas sumida en un estado de tensión e hipersensibilidad. Era consciente de todos los movimientos que él hacía y le resultaba imposible bloquear el timbre de su voz cuando hablaba por teléfono. La variedad de sensaciones físicas que Alessio evocaba en ella resultaban francamente agotadoras.

Dos días después, decidió cambiar de rutina y comenzar con las habitaciones de Raquel. Había repasado con lupa todos los correos y no había encontrado prueba alguna que el remitente de aquellos correos fuera consciente del pasado de Bianca.

Al llegar a la primera de las habitaciones, se preguntó por dónde empezar. Violet había seguido sus instrucciones y le había dejado todo como estaba. Lesley, que no era escrupulosa con el orden, no sentía deseo alguno por empezar a examinar la ropa, las revistas y los papeles que había tirados por el suelo.

Sin embargo, se puso manos a la obra. Comenzó a meter la ropa en un cesto para la colada que había encontrado en el cuarto de baño y se maravilló que una chica de dieciséis años pudiera tener tanta ropa de diseño.

Aquello era todo lo que el dinero podía comprar: ropa cara, joyas... Sin embargo, nada de todo eso podría arreglar una relación rota. Desde hacía dos días, conocía a la perfección hasta qué punto estaba hecha añicos la relación entre padre e hija. A pesar de que Alessio era incapaz de comunicarse adecuadamente con su hija, quería protegerla y sería capaz de hacer lo que fuera en ese sentido.

Estaba registrando los bolsillos de un par de vaqueros cuando encontró un trozo de papel. Tardó un par de segundo antes de comprender lo que significaba y un par de segundos más antes de que los cabos que había empezado a ver en los correos comenzaran a atarse ante sus ojos. Decidió repasar de nuevo la ropa que ya había echado a la cesta por si se le había pasado algo. No había esperado encontrarse algo así nada más empezar. Tal vez cuando empezara con el ordenador o la tableta... ¿Notas en un trozo de papel? No. Creía que los adolescentes habían dejado de utilizar el bolígrafo y el papel como modo de comunicación.

¿Qué más podría encontrar?

Había perdido ya la sensación inicial de estar entrometiéndose en la intimidad de otra persona. Había algo en todo aquel caos que hacía que su registro resultara más aceptable. Rachel no había intentado ocultar nada y no había ningún cajón cerrado con llave.

Descubrió que Rachel seguía siendo aún una niña, aunque hubiera entrado ya en el campo de batalla de la rebelión y la desobediencia que suponía la adolescencia.

Una hora y media después de empezar su búsqueda,

centró su atención en el primero de los armarios. Al ver la ropa que había colgada, se quedó boquiabierta.

No se tenía que conocer bien la ropa de calidad para saber que aquellas prendas eran de lo mejor que se podía comprar. Vestidos, faldas, camisetas de los mejores tejidos y de las mejores marcas. Algunas prendas eran coloridas y desenfadadas, mientras que otras parecían más apropiadas para alguien que tuviera más de dieciséis años. Varias prendas tenían aún las etiquetas puestas, lo que indicaba que estaban sin usar.

Tras apartar algunas perchas, se encontró con unos vestidos que eran apropiados para alguien mayor de dieciséis años. Debían de haber pertenecido a la madre de Rachel. Con mucho cuidado, Lesley sacó un vestido negro y admiró la delicada tela y el elegante corte de su diseño. Sabía que no estaba bien probarse la ropa de otra persona, pero, por un momento, perdió la cabeza. Casi sin darse cuenta, se puso el maravilloso vestido. Al darse la vuelta para mirarse en el espejo, contuvo el aliento.

Normalmente, ella era una más entre los chicos. Se sentía más cómoda con ellos. Sin embargo, la mujer que la observaba desde el espejo no era en absoluto esa persona. La mujer que la observaba tenía las piernas muy largas y una estupenda figura.

Al escuchar que se abría la puerta, se giró y vio que Alessio la contemplaba completamente atónito.

–¿Qué estás haciendo aquí? –le preguntó. Al notar cómo él la miraba, se sintió como si estuviera completamente desnuda.

Alessio, efectivamente, no podía dejar de mirarla. Se había marchado de su despacho para estirar las piernas y había decidido ir a ver cómo iba Lesley. No había esperado encontrársela vestida con un imponente traje de cóctel con el que sus piernas parecían interminables.

–Te he preguntado que qué estás haciendo aquí –insistió ella cruzándose de brazos aunque, en realidad, lo que quería era taparse las piernas. La falda debería haberle llegado unos centímetros por encima de la rodilla pero, como evidentemente era más alta que la madre de Rachel, el vestido le quedaba demasiado corto, casi rayando en la obscenidad.

–Vaya... He interrumpido una sesión de pasarela. Te ruego que me perdones –murmuró mientras se acercaba a ella.

–Yo estaba... pensé...

–Te sienta bien, por si te interesa mi opinión. Me refiero al vestido. Deberías dejar al descubierto tus piernas con más frecuencia.

–Si me hicieras el favor de marcharte para que pueda cambiarme, te lo agradecería. Te pido perdón por probarme el vestido. No debería haberlo hecho y si quieres que me marche lo comprenderé perfectamente –susurró.

No se había sentido más mortificada en toda su vida. ¿En qué había estado pensando? Había tomado algo que no le pertenecía y se lo había puesto. Era algo imperdonable, teniendo en cuenta que estaba en la casa de Alessio y que trabajaba para él.

El comentario sobre la sesión de pasarela le resultó tan ofensivo como un insulto, pero no iba a decirle nada al respecto. Solo quería que él se marchara de la habitación. Desgraciadamente, él no daba indicación alguna de que fuera a marcharse.

–¿Y por qué iba a querer que te marcharas?

Lesley estaba completamente sonrojada y tan tensa como una tabla. Cualquier otra mujer, estaría encantada de ser el centro de su atención, pero ella parecía estar haciendo todo lo posible para no mirarle al rostro.

Alessio jamás había deseado a una mujer tanto como la deseaba a ella. Era una mezcla perfecta de cuerpo y de inteligencia. No se trataba de otra glamurosa gatita. Aquella mujer inteligente, inquisitiva e irreverente pertenecía a otro mundo completamente diferente.

La atracción que había sentido por ella y que había existido desde el momento en el que se conocieron, dejaba muy claro que deseaba que ella terminara en su cama. Lo había pensado en alguna ocasión, pero lo había rechazado porque ella lo había desafiado a muchos niveles y le gustaba que las mujeres fueran más sumisas.

Sin embargo...

–Te ruego que te marches.

–No tienes que quitarte el vestido –le dijo él–. De hecho, me gustaría verte trabajando con él.

–Te estás burlando de mí y no me gusta...

Se sentía pequeña, indefensa, rodeada por un hermoso y peligroso depredador.

Sin embargo, él jamás le haría daño. No. Su capacidad de destrucción radicaba en conseguir que ella se hiciera daño a sí misma creyendo lo que él estaba diciendo, permitiéndole que lo que sentía hacia él se adueñara de ella. Lesley jamás había comprobado que el deseo pudiera ser tan abrumador. Nada la había preparado para los sentimientos alocados e inapropiados que se apoderaban de ella y del sentido común que en tanta estima tenía.

–Fingiré que no he oído eso –comentó él suavemente.

Entonces, extendió la mano y se la deslizó por el brazo para experimentar su profunda suavidad. Era tan esbelta... Durante unos segundos, Lesley no reaccionó. Entonces, el tacto de Alessio sobre su piel le hizo dar un paso atrás.

El instinto no había engañado a Alessio. ¿Cómo podía haber dudado de sí mismo? La electricidad que existía entre ellos provenía de ambas partes. Dio un paso atrás y la miró. Ella tenía los ojos abiertos de par en par y su aspecto era muy joven y vulnerable. Seguía tratando de mantener el equilibrio sobre los zapatos de tacón que también se había puesto. Alessio sintió el irrefrenable deseo de verla primero lo más arreglada posible para luego tenerla completamente desnuda entre sus brazos.

–Te dejaré que vuelvas a ponerte tu ropa –dijo para tranquilizarla–. Y, como respuesta a tu pregunta sobre lo que estoy haciendo aquí, pensé en subir a ver si habías encontrado algo.

Aliviada de que la conversación se centrara de nuevo en el trabajo, Lesley se relajó un poco.

–He encontrado un par de cosas en las que podrías estar interesado. Bajaré enseguida al despacho.

–Mejor aún. Reúnete conmigo en el jardín. Haré que Violet nos sirva el té afuera.

Alessio sonrió para que ella se relajara un poco más. No podía dejar de mirarla. Entonces, se dio la vuelta de mala gana y se dirigió hacia la puerta sabiendo que ella no movería ni un solo músculo hasta que no se hubiera marchado.

Se moría de ganas por volver a reunirse con ella. Se sentó en el jardín para esperarla, sin poder dejar de pensar el aspecto tan magnífico que tenía con aquel vestido. Poseía unas piernas increíbles. Resultaba aún más encantador el hecho de que ella no fuera consciente de sus encantos.

Cinco hermanos. Sin madre. Clases de kárate cuando el resto de sus amigas se dedicaban seguramente a practicar sus habilidades femeninas. ¿Por qué se mostraba tan nerviosa cuando estaba a su lado? ¿Se mostraría así solo con él o con todos los hombres? ¿Sería esa la razón por la que se vestía del modo en el que lo hacía?

Al fin, ella apareció con un montón de papeles en la mano, tan eficiente como siempre.

–Gracias –dijo mientras se sentaba y aceptaba el vaso de agua fría que él le ofrecía–. Lo primero, y estoy casi completamente segura al respecto, la persona que ha escrito esos correos no sabe nada sobre tu esposa o la clase de persona que era.

Alessio se inclinó hacia delante.

–¿Cómo has llegado a esa conclusión?

–He repasado cuidadosamente todos los correos para buscar alguna pista. También he encontrado un par de correos anteriores que, por alguna razón, no se borraron. No tenían interés alguno. Tal vez el remitente solo se estaba divirtiendo.

–Entonces, ¿crees que esto no tiene nada que ver con un posible chantaje sobre Bianca?

–Sí, en parte por lo que he leído en los correos y en parte por el sentido común. Creo que si implicaran a tu exesposa habría alguna referencia velada que te advertiría de lo que estaba por venir. Aunque el remitente sabe muy bien lo que está haciendo y ha tenido mucho cuidado de no dejar pistas, algunos de los correos son más precipitados que otros.

–¿Intuición femenina?

–Creo que sí –afirmó ella–. Sin embargo, lo que es verdaderamente significativo es que los cafés que se utilizaron están más o menos en la misma zona, en un radio de unos veinte kilómetros, y muy cerca del colegio al que acude Rachel. Eso me lleva a pensar que ella está de algún modo en el centro de todo esto, que la persona que está haciendo esto la conoce o sabe de ella.

Alessio volvió a reclinarse en la silla y se frotó los ojos. Saber que su hija podría estar implicada se le reflejaba con dureza en el rostro.

–¿Y tienes alguna idea de lo que podría estar pasando? Podría ser que el remitente, tal y como tú lo llamas, tenga información sobre Bianca y quiera que yo le pague por no compartir esa información con Rachel.

–¿Sabe Rachel algo sobre cómo era su madre... de joven? Me refiero a cuando aún estaba casada contigo. Sé que tu hija solo era un bebé por aquel entonces, pero podría haber escuchado conversaciones entre adultos, cotilleos de amigos o familiares.

–Por lo que yo sé, Rachel no sabe nada sobre Bianca, pero, ¿quién sabe? No hemos hablado al respecto. Apenas si hemos ido más allá de las conversaciones más típicas.

Alessio se reclinó de nuevo en la silla y cerró los ojos. Lesley lo observó atentamente. Era tan guapo... Tenía una boca muy sensual y unas pestañas largas y espesas. La mandíbula era angulosa, muy masculina, y el cabello oscuro era algo más largo de lo habitual.

Se preguntó si debería contarle lo de los papeles que había encontrado. Decidió que no había llegado el momento. Formaban parte de un rompecabezas, por lo que sería mejor esperar hasta que tuviera más piezas que unir. Era lo justo. Era un padre desesperado y preocupado por una hija a la que apenas conocía. Además, cuando ni siquiera estaba segura al cien por cien de que lo que había encontrado fuera significativo, le parecía egoísta por su parte anticiparse.

La tensión que podría existir entre ellos después del episodio del vestido pasó a un segundo plano cuando el silencio se extendió entre ellos, una clara indicación del estado mental en el que él se encontraba.

–Estoy haciendo que te sientas incómoda –murmuró Alessio rompiendo así el silencio. Sin embargo, no la miró.

–Por supuesto que no...

–Creo que no contaste con esta clase de situación cuando aceptaste el trabajo...

–Es cierto –admitió él–. Bueno, ¿qué me sugieres que haga a partir de ahora? ¿Quieres que interrogue a Rachel cuando llegue a casa pasado mañana? ¿Quieres que trate de averiguar si ella sabe algo sobre lo que está pasando?

Alessio escuchaba su voz mientras ella le enumeraba las opciones. Le gustaba escucharla. Sin poder evitarlo, recordó el momento en el que la sorprendió con el vestido y, sin buscarlo, su cuerpo comenzó de nuevo a cobrar vida.

–Háblame de otra cosa –le ordenó. Se sentía más relajado que en mucho tiempo, a pesar de lo que estaba pasando. Seguía teniendo los ojos cerrados y el sol en el rostro le provocaba un estado de agradable letargo.

–¿Y sobre qué quieres que hable?

–Sobre ti. Quiero que me hables sobre ti.

A pesar de que él no la estaba mirando, Lesley se sonrojó. Su voz... ¿Sabía Alessio lo sensual que resultaba?

–Soy una persona muy aburrida –comentó ella, riendo–. Además, ya sabes todo lo básico. Mis hermanos, mi padre...

–Entonces, pasemos de lo básico. Dime lo que te empujó a probarte ese vestido.

–No quiero hablar de eso –replicó Lesley con incomodidad–. Ya me he disculpado y preferiría que dejáramos el tema y fingiéramos que nunca ha ocurrido. Fue un error.

–Estás muy avergonzada.

–Por supuesto que sí.

–No tienes por qué. Y yo no quiero husmear. Simplemente, estoy tratando de hablar de cualquier cosa que me ayude a no pensar lo que está ocurriendo en este momento con Rachel.

De repente, Lesley sintió que se desinflaba. Mientras que ella estaba subida en su caballo, defendiendo su postura y tratando de contener la curiosidad natural de él, Alessio se encontraba en la incómoda situación de tener que abrir la puerta de su pasado para permitirle a ella entrar.

¿Acaso era de extrañar que se sintiera desesperado por olvidarse de la situación en la que se encontraba?

–Yo... No sé por qué me lo probé –dijo–. En realidad, sí lo sé. Jamás me gustaron los vestidos cuando era una adolescente. Eran para otras chicas y no para mí.

–Porque te faltaba la mano de una madre. Además, tenías cinco hermanos. Recuerdo cómo era yo y cómo eran mis amigos con catorce años. No éramos nada sensibles. Estoy seguro de que te lo hicieron pasar muy mal.

Lesley se echó a reír.

–Y el resto. En cualquier caso, tuve un encuentro muy desafortunado con una mini falda y, después de eso, decidí que sería mejor no volver a ponerme esa clase de ropa. Además, a la edad de catorce años yo ya era mucho más alta que el resto de las chicas de mi clase. No quería llamar la atención por mi altura por ningún motivo, y mucho menos poniéndome vestidos y faldas cortas.

Alessio abrió lentamente los ojos y la miró por fin.

Lesley tenía la piel como la seda. Ella aún no había utilizado la piscina, pero el hecho de sentarse al aire libre por las tardes le había dado a su rostro un aspecto dorado que le sentaba muy bien.

—Ya no tienes catorce años —dijo.

Lesley no supo qué decir. No podía hablar ni moverse. Tan solo podía mirarlo y ver cómo la observaba.

—No... Supongo que no...

—Pero sigues sin ponerte faldas cortas.

—Resulta difícil desprenderse de lo hábitos de antaño.

Lesley trató de apartar la mirada. No pudo hacerlo.

—Bueno, no tengo necesidad alguna de vestirme así para la clase de trabajo que hago. Los vaqueros y los jerséis me bastan.

—No le haces justicia a tu cuerpo.

Miró el reloj. En parte, había dejado su trabajo para ir ver a Lesley y saber si ella había encontrado algo, pero también porque debía marcharse a Londres para una reunión.

El tiempo se le había escapado entre los dedos. Era mucho más tarde de lo que había imaginado. El sol, la suave brisa, la compañía de Lesley... Se preguntó si algún hombre le había dicho cosas hermosas sobre su aspecto... Se preguntó qué haría ella si la tocaba... Si la besaba...

Más que nunca, deseó poseerla. De hecho, sentía deseos irrefrenables de olvidarse de la reunión que tenía en Londres y pasar el resto de aquella maravillosa tarde jugando a la seducción.

Entonces, de repente, ella se puso de pie y dijo que tenía mucho calor y que quería regresar al interior de la casa. Con un suspiro de resignación, él la siguió.

—Estás haciendo un buen trabajo —le dijo, consciente de que su cuerpo exigía un cierto tipo de atención que probablemente iba a hacer que el trayecto a Londres resultara muy incómodo.

Lesley había puesto una necesaria distancia física entre ellos. Le aterraba pensar que pudiera animarlo a pensar que se sentía atraída por él. Más aterrador resultaba aún que ella pudiera estar deduciendo toda clase de tonterías por los comentarios que él realizaba. Era un hombre encantador, inteligente y muy sofisticado. Probablemente se comportaba de aquel modo con todas las mujeres con las que hablaba. Era como era y malinterpretar todo lo que decía a su favor sería algo que la pondría en una situación muy delicada.

–Gracias. Me pagas muy bien.

Alessio frunció el ceño. No le gustaba que se hubiera mencionado el dinero. Bajaba el tono.

–Bueno, sigue así –dijo cortésmente–. Y tendrás la casa para ti sola hasta mañana para que puedas hacerlo. Tengo una reunión muy importante en Londres y voy a pasar la noche en mi apartamento.

Le dolió que pareciera aliviada. Sabía que ella se sentía atraída por Alessio, pero estaba dispuesta a resistirse a pesar de las señales que él había enviado indicando que el sentimiento era mutuo. ¿Acaso no sabía que, para un hombre como él, que podía tener todas las mujeres que deseara con un chasquido de dedos, tanta reticencia era un desafío?

Esperaba que la noche que iba a pasar en solitario lo ayudara a poner un poco de distancia.

La dejó en el vestíbulo. En el rostro de Lesley se adivinaba que estaba deseando que él se marchara. Ella lo necesitaba. Los nervios se le estaban tensando cada vez más. Se moría de ganas porque él se fuera. Por fin, cuando la puerta principal se cerró, lanzó un suspiro de alivio que se acrecentó al escuchar cómo el coche se alejaba de la casa.

No podía quedarse allí. Ciertamente, quería irse antes de que su hija llegara. No podía soportar la tensión de estar junto a él. Se sentía vulnerable y confusa.

Había descubierto mucho más de lo que le había dicho registrando las habitaciones de Rachel. No lo suficiente, pero, con un poco más de información, podría presentarle sus conclusiones y marcharse con el caso cerrado.

Había visto el ordenador y estaba segura de que encontraría la información que le faltaba en él. Tenía toda la tarde, la noche y parte del día siguiente. Durante ese tiempo, se aseguraría de que el asunto quedara zanjado porque necesitaba desesperadamente regresar a la seguridad de su vida de siempre...

Capítulo 5

LESLEY flexionó los dedos. Le dolían después de llevar dos horas y media trabajando en el ordenador de Rachel.

Alessio le había dado luz verde para examinarlo todo y Lesley sabía que él había hecho bien en permitir que así fuera. Si Rachel estaba sometida a algún tipo de amenaza, fuera esta cual fuera, se debían tomar cualquier tipo de medidas aunque ello significara una invasión de la intimidad de la joven.

Sin embargo, Lesley se había sentido muy nerviosa cuando se sentó frente al ordenador y comenzó a abrir archivos.

Había esperado encontrar muchas cosas típicas de una adolescente de dieciséis años. Sin embargo, el ordenador parecía contener principalmente trabajos del colegio. Lesley pensó que tal vez la información más personal estaría en la tableta o en su teléfono móvil. Ninguno de los dos estaba en la casa. No obstante, encontró un par de detalles que añadían información al rompecabezas.

La información verdaderamente importante la había encontrado en su ropa, en trozos de papel, en cuadernos viejos, en los márgenes de los libros de texto, en cartas...

Como Rachel no había tratado de ocultar nada de lo que Lesley había conseguido reunir, ella se sintió mejor. Tal vez, a pesar de haber prohibido al ama de llaves acercarse a su habitación, una pequeña parte de la joven quería que aquella información se descubriera. Tal vez por eso no había destruido notas que la incriminaban directamente.

Todo eran especulaciones para Lesley.

A las seis de la tarde, estaba completamente agotada. Le dolía todo el cuerpo, pero sabía que podría por fin entregarle a Alessio todo lo que había encontrado y marcharse de allí.

Sintió algo de pánico al pensar que se metería en su coche y se marcharía de su lado para siempre. Entonces, se dijo que menos mal que iba a hacerlo porque el hecho de sentir pánico por no volver a verlo era la situación más peligrosa de todas.

¿Cómo había conseguido él producir un efecto tan devastador en ella en tan poco tiempo?

En lo que se refería a los hombres, Lesley siempre se había tomado las cosas con calma. Las amistades se construían a lo largo de un periodo más que razonable de tiempo. Generalmente hablando, la amistad que se desarrollada de ese modo evitaba que pudiera convertirse en algo más.

Sin embargo, la velocidad con la que Alessio había conseguido ocupar sus pensamientos resultaba aterradora.

Desgraciadamente, descubrió que el hecho de estar sola en la casa le resultaba muy turbador porque echaba de menos su presencia.

En el espacio de tan solo un par de días, ella se había acostumbrado a su compañía. Si no estaba a su lado, sabía que estaba en alguna parte de la casa.

Estos pensamientos le produjeron tal frustración que decidió que lo mejor que podía hacer era ir a bañarse en la piscina.

Ni siquiera se había atrevido a acercarse hasta allí por temor a que él dijera que se bañaba con ella y, sobre todo, para evitar que él la viera en bañador.

A pesar de los comentarios que él pudiera haber hecho, había visto la clase de mujeres por las que se sentía atraído. Alessio le había dado acceso a su ordenador y ella había podido ver las fotos que tenía. Rubias explosivas, de rotundas curvas y generosos pechos. Todas parecían clones de Marilyn Monroe.

Sin embargo, por suerte estaba sola. Además, hacía tanto calor a pesar de la hora que era...

Se miró en el espejo y se sorprendió al ver lo mucho que el bikini que tenía cambiaba su aspecto. No obstante, decidió no molestarse en considerar su aspecto. Agarró una toalla del cuarto de baño y se dirigió a la piscina.

Allí, se sumergió en las cristalinas aguas. A pesar de que el agua estaba algo fría, no tardó en aclimatarse a ella cuando empezó a nadar. Era una buena nadadora y después de estar tanto tiempo sentada frente al ordenador, resultaba agradable hacer algo de ejercicio.

Realizó varios largos, pero no estaba segura exactamente de cuánto tiempo estuvo nadando. Cuando empezó a cansarse, salió de la piscina y dejó que el agua se deslizara por su cuerpo hasta llegar al suelo. Se echó el cabello hacia atrás y, entonces, se dio cuenta de que Alessio estaba observándola desde la barandilla del porche. Lo peor de todo era que no sabía cuánto tiempo llevaba allí.

Lanzó un grito de sorpresa y se dirigió rápidamente al lugar en el que había dejado la toalla. Cuando se cubrió por completo, notó que Alessio estaba junto a ella.

–Espero no haberte interrumpido –murmuró él.

–No deberías estar aquí.

–Ha habido un ligero cambio de planes.

–¡Deberías haberme advertido que ibas a regresar!

–No creí que fuera necesario informarte de que iba a regresar a mi propia casa.

–¿Cuánto tiempo llevas aquí?

No podía mirarlo a los ojos. Se sentía horriblemente consciente del aspecto que debía tener, con el cabello mojado y pegado a la cabeza y el rostro completamente limpio de maquillaje, aunque no se podía decir que ella se maquillara mucho.

–El suficiente para darme cuenta de que hace bastante que no utilizo la piscina. De hecho, no recuerdo la última vez que me metí.

Las gotas de agua que tenía en las pestañas parecían diamantes. Alessio deseó que ella lo mirara para poder leer la expresión que tenía en sus ojos. ¿Estaba de verdad furiosa porque él la hubiera molestando presentándose inesperadamente? ¿O acaso se debía más bien al hecho de que él la hubiera pillado desprevenida y que la estuviera viendo por primera vez sin su armadura de vaqueros y de camisetas, las ropas que neutralizaban su feminidad?

Se preguntó lo que ella diría si le dijera el aspecto tan delicioso que tenía, completamente empapada y cubierta tan solo por una toalla.

También se preguntó qué le diría Lesley si le contara que llevaba allí más de quince minutos, hipnotizado al ver cómo nadaba, con la misma habilidad que un animal marino. Se había quedado tan absorto observándola que se había olvidado por completo de que se había visto obligado a regresar de Londres.

–Un momento –dijo–. Voy a bañarme contigo. Dame diez minutos. Me vendrá bien para librarme de la suciedad de Londres.

–¿Bañarte conmigo? –preguntó ella horrorizada.

–No te supone ningún problema, ¿verdad?

–No... bueno...

–Bien. Regresaré antes de que te vuelvas a meter en el agua.

Lesley se quedó inmóvil y observó cómo Alessio desaparecía rápidamente en los vestuarios. Entonces, volvió a meterse rápidamente en el agua. ¿Qué opción tenía? Si le hubiera dicho que ya no quería seguir nadando y que iba a regresar a la casa solo porque él fuera a bañarse también habría sido prácticamente como confesar lo incómoda que él le hacía sentirse. Lo último que quería era que Alessio supiera el efecto que producía en ella. Seguramente se imaginaba ya que Lesley no era imparcial a su presencia tal y como le gustaba fingir a ella, pero lo que ella sentía era mucho más confuso y más profundo que eso.

Quería mantenerlo en secreto. Podría soportar que él pensara que a ella le gustaba. Seguramente, eso mismo le ocurría a la mitad de la población del país entre dieciocho y ochenta años, por lo que no sería nada del otro mundo que a ella le ocurriera lo mismo.

Sin embargo, lo que Lesley sentía era mucho más que eso. Normalmente, no se sentía atraída por los hombres tan solo por su aspecto. El modo en el que reaccionaba ante él indicaba algo más complejo que un simple calentón que se podía curar fácilmente poniendo distancia entre ellos.

Acababa de alcanzar el lado menos profundo de la piscina cuando Alessio salió de los vestuarios.

Lesley pensó que se iba a desmayar. Comprendió perfectamente que no se había equivocado cuando se había imaginado el cuerpo que se escondería bajo la ropa de diseño que tanto le gustaba a él llevar.

Por fin lo sabía. Su cuerpo era esbelto, bronceado y profundamente hermoso. Tenía los hombros anchos y musculados. Su torso iba estrechándose gradualmente hasta convertirse en una esbelta cintura. Resultaba evidente que se sentía cómodo con su cuerpo por la tranquilidad y la elegancia con la que se movía.

Ella se sentó en uno de los escalones, pero se aseguró de que todo su cuerpo quedara completamente sumergido bajo el agua. Se sentía más segura así.

Alessio se zambulló en el agua tan recto como una flecha y nadó rápida y poderosamente hacia ella. Con un fluido movimiento, salió del agua y se sentó a su lado.

—¡Qué bien! —exclamó mientras se secaba el rostro con la mano.

—Todavía no me has explicado qué es lo que estás haciendo aquí —dijo ella, muy nerviosa por la cercanía de su cuerpo.

—Te lo diré en cuanto estemos dentro. Por el momento, quiero disfrutar del agua. No tengo mucho tiempo para disfrutarla y no quiero estropear este momento hablando del problema tan inesperado que me ha surgido —replicó. Entonces, se giró para mirarla—. Nadas muy bien.

—Gracias.

—¿Llevas mucho tiempo nadando?

—Aprendí con cuatro años. Mi padre nadaba muy bien, al igual que todos mis hermanos. Cuando mi madre murió, a mi padre se le metió en la cabeza que iba a canalizar toda mi energía consiguiendo que yo compitiera en natación. Mis hermanos ya eran mayores y todos tenían sus aficiones, pero a mi padre le gustaba decirme que yo era suelo fértil para que él pudiera trabajar —comentó ella con una sonrisa. Ese recuerdo la ayudó a relajarse un poco—. Por lo tanto, se aseguró de llevarme a la piscina municipal al menos dos veces por semana. Yo nadaba ya sin manguitos ni ayuda cuando tenía cinco años.

–Pero no terminaste siendo nadadora profesional.

–No. Participé en muchas competiciones hasta que empecé el instituto. Entonces, comencé a practicar muchos deportes diferentes y la natación pasó a un segundo plano.

–¿Qué deportes practicabas?

Alessio pensó en su última novia, cuyo único intento por hacer ejercicio era aparecer en las pistas de esquí. En una ocasión, trató de jugar al squash con ella y se sintió muy molesto cuando ella gritó horrorizada al pensar que iba a sudar demasiado. Según dijo, su cabello no habría podido soportarlo. Se preguntó si ella se habría sumergido en una piscina tal y como lo había hecho Lesley o si hubiera preferido tumbarse en una hamaca para tomar el sol y limitarse a mojarse los pies en el agua cuando el calor se hiciera insoportable.

No era de extrañar que hubiera roto con ella tan solo después de un par de meses...

–Squash, tenis, hockey y, por supuesto, mis clases de defensa personal.

–¡Qué energía!

–Mucha.

–Y entre medias de tanto ejercicio físico aún te quedaba tiempo para estudiar.

–¿Cómo si no podría haberme podido sacar una carrera? –respondió Lesley–. Hacer deporte está muy bien, pero al final no te consigue un trabajo –añadió. Se puso de pie–. Ya he estado fuera mucho tiempo. Debería volver adentro y ducharme. Tú sigue disfrutando de la piscina. Es una pena tenerla y no utilizarla, en especial cuando resulta tan raro tener un tiempo tan bueno como este.

No le dio tiempo a contestar. Se levantó y se dirigió directamente adonde estaba su toalla. Cuando se hubo envuelto con ella, lanzó un suspiro de alivio.

Se dio la vuelta y se encontró a Alessio tan cerca de ella que tuvo que dar un paso atrás. Estuvo a punto de caerse cuando se chocó con una de las hamacas.

—Cuidado —dijo él mientras le agarraba los brazos—. Debería contarte lo que me ha obligado a regresar. Tengo mucho trabajo con el que ponerme al día y probablemente tendré que trabajar toda la noche.

—Por supuesto —respondió ella, a pesar de que le costaba centrarse en nada mientras él la estaba sosteniendo—. Iré a darme una ducha y luego me puedo reunir contigo en tu despacho. ¿Te parece?

Podía oler el aroma de Alessio. El olor limpio y clorado de la piscina combinado con la arrebatadora fragancia de su cuerpo mientras se secaba bajo el sol.

—Mejor reúnete conmigo en la cocina.

Alessio la soltó de repente a pesar de que su instinto le pedía que la estrechara entre sus brazos y la besara para ver si era tan deliciosa como le decía su imaginación que sería. La intensidad de lo que se había apoderado de él era turbadora.

—Yo... no esperaba que regresaras. Le dije a Violet que no había necesidad alguna de que me preparara nada antes de que se marchara. Dejé que se fuera antes de tiempo. Espero que no te importe, pero estoy acostumbrada a prepararme mi propia comida. Me iba a preparar algo de pasta.

—Me parece estupendo.

—En ese caso, perfecto —dijo Lesley débilmente.

Se mesó el cabello con los dedos y se marchó. Sabía que él la estuvo observando hasta que entró en la casa para subir a ducharse.

El hecho de que Alessio se hubiera presentado tan inesperadamente debería haberla molestado. Había trastocado por completo los planes que tenía para aquella tarde. Sin embargo, sentía una extraña excitación en su interior. Descubrió que estaba deseando cenar con él y que, de hecho, se alegraba de que él hubiera vuelto.

Se dijo que era simplemente porque así podría contarle todos los detalles de lo que había descubierto. Cuanto antes se lo dijera todo, antes podría marcharse para permitir que su vida regresara a la normalidad.

Media hora más tarde, cuando llegó a la cocina, vio que él no estaba allí. Llevaba todos sus papeles en una carpeta. Decidió servirse una copa de vino.

Cuando él apareció por fin, Lesley ya se había tomado la mitad de la copa que se había servido. Alessio se sirvió un whisky con soda antes de sentarse frente a ella.

—Mi suegra me llamó cuando estaba en una de mis reuniones —dijo sin más.

—¿Y no suele hacerlo?

—Casi nunca. Nos llevamos bien, pero no tanto como para que ella llame tan inesperadamente. Sigue quedando un poso de la manipulación de esa familia, aunque he de reconocer que la madre de Bianca no tuvo mucho que ver. Dicho eso, tengo que admitir que, durante el tiempo que estuvimos divorciados, fue gracias a Claudia que conseguí ver a mi hija. Puedo contar las veces con los dedos de una mano, porque Claudia jamás fue rival para su hija.

—¿Y qué quería?

—Rachel lleva con ella las últimas cuatro semanas. Más o menos en cuanto terminó el colegio, mi hija decidió que quería irse a ver a su abuela. No conoce mucha gente por aquí y solo un puñado en Londres. Lo malo de un internado, supongo.

Suspiró y se tomó lo que le quedaba del whisky de un trago antes de dejar el vaso vacío sobre la mesa

—Sí. Debe de ser muy difícil.

—Sea como sea, la razón de esa llamada parece ser que mi hija se niega a regresar al Reino Unido. También se niega a hablar conmigo por teléfono. Se ha plantado y ha decidido quedarse con Claudia y, siendo como es Claudia, ella carece de la fuerza suficiente para oponerse a mi hija.

—Vaya...

Alessio se puso en pie y le indicó que deberían empezar a preparar algo para cenar. Necesitaba moverse a pesar de que agradeciera profundamente que Lesley estuviera en la casa.

Como si supiera que él retomaría el tema cuando lo deseara, Lesley comenzó a preparar la cena. Ya había preparado con anterioridad todos los ingredientes que necesitaba sobre la encimera, por lo que comenzó a picar los champiñones, los tomates, las cebollas y el ajo.

Por una vez, el silencio de Alessio no la intranquilizó. Comenzó a charlar con facilidad. Le habló de su falta de experiencia en la cocina, pero le explicó que lo poco que sabía lo había aprendido de sus hermanos. Poco a poco, sintió que él se relajaba a pesar de no estar mirándolo y de que él no dijera nada.

La escena resultaba muy relajante. Alessio observaba cómo ella preparaba la salsa. No se sintió atrapado al pensar en una mujer cocinando. Iba recogiendo lo que ella manchaba. Era la imagen doméstica que siempre había tratado de evitar.

Por fin, se sentaron a cenar en la mesa de la cocina.

—Cuando dices que Rachel se ha plantado y que no quiere regresar al Reino Unido, ¿crees que es para siempre o tan solo para lo que queda de las vacaciones de verano?

–Estoy diciendo que ha decidido que odia este país y que no quiere regresar.

–¿Y tu suegra no puede convencerla de lo contrario?

–Claudia ha sido siempre la más débil de la familia. Entre su dominante marido y Bianca, se vio envuelta en lo que los dos montaron y, ahora, en esta situación, seguramente se siente atrapada entre no querer hacer daño ni ofender a su única nieta y el hecho de tomar el camino más cómodo.

–¿Y qué vas a hacer al respecto?

–Bueno, Rachel no se puede quedar allí. Podría haber esperado hasta mañana para regresar y decírtelo, pero...

–¿Pero?

Lesley apoyó la barbilla sobre la mano y lo miró. Alessio ya había terminado de cenar. Aún no habían encendido las luces de la cocina. Al empezar a cenar, aún había luz natural suficiente, pero el sol ya se había puesto y había inundado la cocina de penumbra.

–Tengo que pedirte un favor.

–¿De qué se trata? –preguntó Lesley con cierta cautela. Se levantó para empezar a recoger la mesa, pero él le agarró la muñeca con la mano.

–Siéntate. Ya recogeremos más tarde o ya lo hará Violet por la mañana. Tengo que pedirte algo y voy a necesitar que me prestes mucha atención cuando lo haga.

Lesley se sentó de nuevo. El corazón le latía alocadamente.

–Quiero que me acompañes a Italia. Sé que te estoy pidiendo demasiado, pero mi temor es que, Rachel se niegue a escuchar una palabra de lo que yo le diga y tenga que arrastrarla a la fuerza hasta el avión.

–Pero si yo ni siquiera conozco a tu hija, Alessio.

–Si no puedo persuadir a mi hija para que regrese conmigo, esto significará el final de cualquier posibilidad que yo pueda tener de establecer una relación con ella...

Alessio se frotó los ojos y luego se reclinó sobre el respaldo de la silla para mirar al techo. Lesley lo sintió mucho por él.

–Hay algo que tienes que ver –le dijo. Se levantó y se fue a buscar la carpeta que había bajado con todos los papeles. Le enseñaría todo lo que había ido recopilando y, después, tendría que ser él quien decidiera lo que hacer al respecto.

–¿Has encontrado algo? –le preguntó él. De repente estaba muy alerta.

Se incorporó y acercó la silla hacia ella mientras Lesley comenzaba a alisar los papeles que había encontrado y las páginas que había impreso durante los días que llevaba en la casa.

–He ido recopilando todo esto y, bueno, ya te dije que no creía que esto tuviera nada que ver con tu esposa...

–Exesposa.

–Exesposa. Bien, pues tenía razón. Conseguí rastrear al remitente. Se tomó bastantes molestias y utilizó bastantes cafés diferentes para cubrirse, pero los cafés, como te dije, estaban todos muy cerca del colegio de tu hija. Tardé más de lo que esperaba, pero por fin identifiqué el que utilizaba más frecuentemente. Sin embargo, lo más importante es que en uno de los correos que mandó al principio, y que tú no identificaste como suyo, utilizó su propio ordenador. Me resultó algo más difícil de lo que había pensado, pero he conseguido la identidad de esa persona.

–¿Sabes quién es?

–Habría sido más difícil si no hubiera descubierto esos primeros correos cuando, evidentemente, se estaba limitando a tantear el terreno. Eran bastante inocuos, por lo que probablemente pensó que se habían borrado. Supongo que no se imaginó que existirían todavía –dijo ella. Le entregó todos los correos impresos a Alessio y observó cómo él los iba leyendo uno a uno. Lesley había destacado frases importantes o ciertas maneras de decir las cosas que indicaban que los había escrito la misma persona..

–Eres la mejor.

Lesley se sonrojó de placer.

–Me he limitado a hacer el trabajo para el que me has contratado.

–Bien. Explícame.

Lesley hizo lo que él le había pedido y observó cómo la expresión del rostro de Alessio se volvía más taciturna.

–Bueno, ahora ya lo sabes todo –concluyó ella–. Lo preparé todo para poder dártelo mañana cuando regresaras. Iba a decirte que ya no me queda nada por hacer.

–Sigo queriendo que vengas conmigo a Italia.

–No puedo...

–Has solucionado este asunto, pero sigo teniendo el problema de mi hija. Traerla aquí teniendo esta información va a ser aún más difícil.

Aquello era algo que Lesley no había tenido en cuenta cuando había preparado su plan para presentarle lo que había descubierto y marcharse mientras que el sentido común y su propio instinto de autoprotección seguían intactos.

–Sí, pero la situación es la misma. Ella va a mostrarse... No me lo imagino siguiera, pero ciertamente no se mostrará cálida y encantada de ver a la persona que ha sacado todo esto a la luz.

—Pero tú no tienes nada en contra de ella..

De repente, a Alessio le parecía muy importante que ella lo acompañara. Ciertamente, era consciente de que la necesitaba y no podía entender cuándo ni cómo había ocurrido eso.

—También tengo mi trabajo, Alessio.

—De eso me puedo encargar yo.

—¿Que te puedes encargar tú? ¿Qué quieres decir con eso?

—Acabo de concluir la venta de una serie de boutiques en hoteles de lujo por toda Italia. A eso se debió mi viaje a Londres. Tenía que rematar unos flecos con mis abogados.

—Qué emocionante... —dijo ella por cortesía.

—Más de lo que imaginas. Es la primera vez que me ocuparé de este tipo de negocio y, por supuesto, querré que se me diseñe un sitio web espectacular.

—Para eso ya tienes tu gente.

—En estos momentos están muy ocupados. Tendría que contratar a alguien de fuera para que se ocupara de este tipo de trabajo. No solo supondría mucho dinero para la empresa que tuviera la suerte de conseguir el contrato, sino que se vería seguido de muchos otros contratos.

—¿Me estás presionando?

—Prefiero decir que te estoy persuadiendo.

—No me lo puedo creer.

—Normalmente siempre consigo lo que quiero. Y, en estos momentos, lo que quiero es que vengas conmigo a Italia. Estoy seguro de que cuando le explique a tu jefe el tamaño y la escala del contrato, además del hecho de que sería muy útil que me acompañaras a Italia para que puedas captar el ambiente y saber bien cómo enfocar el proyecto...

Antes de terminar la frase, se encogió de hombros. El mensaje estaba claro. Lesley se sintió completamente atrapada.

Naturalmente, podría rechazar la oferta, pero su jefe se enfadaría con ella. La empresa era boyante, pero, dada la situación económica mundial, convenía asegurarse clientes para evitar los posibles efectos nefastos en el futuro.

–Además, si te preocupa tu sueldo –añadió él–, puedes estar tranquila. Se te pagará exactamente el mismo dinero por día que has estado cobrando ahora por el trabajo que tan exitosamente has finalizado.

–No me preocupa el dinero.

–¿Por qué no quieres venir? Serán unas vacaciones.

–No me necesitas.

–No tienes ni idea de lo que necesito o de lo que no necesito.

–Podrías cambiar de opinión cuando veas qué más tengo que enseñarte...

Sacó los papeles que había encontrado de la carpeta y se los entregó. Entonces, observó atentamente la reacción de Alessio. Como el momento le parecía demasiado íntimo, decidió que era mejor preparar un poco de café.

Se preguntó qué estaría pensando Alessio al ver la colección de papeles y artículos que había encontrado en la habitación de Rachel. La muchacha llevaba años coleccionando cosas sobre su padre. Incluso fotografías, que debía de haber sacado de algún álbum. Fotos de él de joven.

Cuando terminó de preparar el café, le entregó una taza y volvió a sentarse frente a él.

–Has encontrado todo esto... –susurró Alessio. No podía mirarla a los ojos.

–Sí... Como verás, tu hija no es tan diferente de ti como tú creías. Tener la conversación que debes con ella podría no resultarte tan difícil como imaginas.

Capítulo 6

MENUDA sorpresa...

Aquello fue lo único que Alessio fue capaz de decir. Su hija había estado realizando un libro de recortes sobre él. Este hecho le llegaba hasta lo más hondo de una parte que él había creído que ya no existía. Miró al recorte más reciente, que se había impreso de un artículo de Internet. La fotografía no era muy buena, pero, a pesar de todo, ella lo había impreso y lo había metido dentro de su libro de recortes.

¿Qué era lo que podía pensar?

Apoyó la frente sobre el puño cerrado y respiró profundamente.

Lesley sintió una fuerte compasión hacia él. Alessio Baldini era un hombre duro y frío. Sus modales indicaban que era un hombre que sabía que podía conseguir lo que quisiera tan solo chasqueando los dedos. Aquel era un rasgo que no podía soportar en nadie.

Odiaba a los hombres ricos que se comportaban como si fueran los dueños del mundo y todo lo que este contenía. Odiaba a los hombres que pensaban que todos los problemas se solucionaban con dinero. Odiaba a cualquiera que no valorara la importancia de la vida familiar.

Alessio se comportaba como si fuera el dueño del mundo y ciertamente como si el dinero fuera la clave para la resolución de todos los problemas. Si era una víctima de las circunstancias en lo que se refería a una vida familiar desgraciada, no se comportaba como si hubiera llegado el momento de solucionarlo.

Entonces, ¿por qué extendía ella una mano para colocársela en el brazo? ¿Por qué había acercado la silla a la de él para poder sentir el calor que irradiaba de su cuerpo? La respuesta era porque la vulnerabilidad que siempre había presentido en él en lo referente a su hija era, de repente, completamente evidente.

Rachel era su talón de Aquiles. En todo lo demás, Alessio controlaba perfectamente todo lo que le rodeaba. Su vida entera. Sin embargo, en lo que se refería a su hija, flaqueaba.

Había mantenido a distancia a las mujeres con las que había salido en el pasado. El gato escaldado del agua fría huye. Después de su experiencia con Bianca se había asegurado de que ninguna mujer pasara más allá de los muros que había construido para protegerse. Esas mujeres jamás habían contemplado en lo que se convertía ese hombre cuando su hija estaba por medio. Lesley se preguntó incluso cuántas de ellas habrían sabido que él tenía una hija.

Sin embargo, ella sí lo había visto completamente desnudo emocionalmente hablando. Eso era bueno y malo a la vez. Con aquella situación en la que se encontraba, se había visto obligado a revelarle más de lo que nunca le había contado a nadie más. Lesley estaba completamente segura de ello.

Por otro lado, para un hombre orgulloso, la necesidad de tener que confiar pensamientos que normalmente estaban ocultos se podría terminar viendo como una señal de debilidad. ¿Y qué importaba? No estarían juntos mucho tiempo y, en aquellos momentos, de una manera extraña y tácita, él la necesitaba. Lesley lo presentía, aunque aquello era algo que él no confesaría jamás.

Aquellos recortes le habían conmovido más allá de lo que se podía expresar con palabras. Alessio se estaba esforzando mucho por controlar su reacción, tal y como evidenciaba su profundo silencio.

–Tendrás que devolver ese libro al lugar en el que lo encontraste –dijo con voz ronca cuando por fin rompió el silencio–. Déjamelo esta noche y te lo devolveré mañana por la mañana.

Lesley asintió. Aún tenía la mano sobre el brazo de él. De hecho, había comenzado a moverlo ligeramente, sintiendo la fuerza de sus músculos bajo la camisa y la definición de los hombros y de la clavícula.

Alessio la miró con los ojos entornados.

–¿Acaso te apiadas de mí? –le preguntó mientras le agarraba la mano–. ¿Me acaricias de ese modo por piedad?

–No es una caricia por piedad –susurró Lesley. La piel le ardía donde él la tocaba–, pero sé que debe de ser desconcertante para ti ver ese libro de Rachel, ver fotos tuyas en él y artículos sacados de Internet.

Alessio no dijo nada. Se limitó a mirarla. Lesley casi no podía ni respirar. Aquel momento parecía tan frágil como una gota de agua que se balancea sobre la punta de una hoja, a punto de caer y de estallar en mil pedazos.

No quería que aquel momento terminara. Sabía que estaba mal, pero ella quería tocarle el rostro y aliviar aquellos sentimientos tan humanos que sabía que él estaría teniendo, sentimientos que él se tomaría mucha molestia por esconder.

–El libro de recortes estaba ahí, encima de la cama –susurró mientras se perdía en los ojos oscuros de Alessio–. Me habría sentido fatal si lo hubiera encontrado debajo del colchón o en un cajón, pero estaba allí, esperando a que lo encontraran.

–Yo no. Rachel sabía que yo nunca entraría en su suite.

Lesley se encogió de hombros.

–Quería que vieras que eres importante para tu hija –murmuró ella con voz temblorosa–, aunque tú no te lo creas por el modo en el que se comporta. Los adolescentes pueden ser muy complicados en lo que se refiere a mostrar sus sentimientos. Seguro que te acuerdas de cuando tú eras un adolescente –añadió, tratando de sonreír para aliviar la tensión que había entre ellos.

–Vagamente. Cuando pienso en los años de mi adolescente, termino pensando que me convertí en padre antes de que terminara mi adolescencia.

–Por supuesto –murmuró Lesley muy comprensiva.

–Vuelves a hacerlo.

–¿A hacer qué?

–A agobiarme con tu compasión. No te preocupes. Tal vez me guste –dijo él. Su boca se curvó con una sonrisa propia de un depredador. Sin embargo, lleno de confusión por lo que sentía, pensaba que la compasión de Lesley era en realidad muy bienvenida.

Extendió la mano y tocó la mejilla de ella. Entonces, con dos dedos, le trazó un círculo alrededor de la boca y del esbelto cuello para detenerse por fin en la base de la clavícula.

–¿Has estado sintiendo a lo largo de los últimos dos días lo mismo que yo estoy sintiendo? –le preguntó.

Lesley no estaba segura de si era capaz físicamente de responder esa pregunta, y mucho menos con la mano de Alessio sobre el hombro y reviviendo cada centímetro de su caricia.

–¿Y bien? –insistió él. Le colocó la otra mano sobre el muslo y comenzó a masajeárselo suavemente. Aquello fue suficiente para que el aliento le rasgara la garganta.

–¿Qué es lo que quieres decir? ¿De qué estás hablando?

Como si no lo supiera.

Había pensado en marcharse porque aquella atracción se estaba haciendo demasiado peligrosa y amenazaba con hacerse evidente. Tal vez una parte de ella había sabido que la verdadera razón por la que necesitaba marcharse era porque, en cierto modo, sabía que él se sentía también atraído por ella. La química que existía entre ellos era muy real.

Sin embargo, eso no era nada bueno. Ella no tenía aventuras de una noche con los hombres, ni siquiera de dos noches. Ella tenía relaciones. Si no había habido hombre alguno en su vida durante, literalmente, años, se debía a que ella jamás había sido la clase de chica que tenía relaciones sexuales por tenerlas.

Con Alessio, algo le decía que ella podía ser esa chica y eso le daba miedo.

–Ya sabes exactamente a lo que me refiero. Me deseas. Yo te deseo a ti. Te llevo deseando un tiempo...

–Creo que debería irme a la cama –susurró Lesley. Sin embargo, no se movía a pesar de sus protestas–. Te dejo con tus pensamientos...

–Tal vez no tenga demasiadas ganas de que me dejes a solas con mis pensamientos... –comentó Alessio sinceramente–. Tal vez mis pensamientos son un agujero negro en el que no tengo deseo alguno de caer. Tal vez quiero tu pena y tu compasión porque son lo que me puede salvar de esa caída.

«¿Y qué ocurre conmigo cuando te salve de esa caída? En estos momentos, te encuentras en una situación extraña y, si te rescato ahora, ¿qué ocurrirá cuando te marches de ese lugar tan extraño en el que te encuentras y vuelvas a cerrar la puerta?».

Estos turbulentos pensamientos casi no tuvieron tiempo de asentarse antes de que se vieran hechos pedazos por el emocionante pensamiento de estar con el hombre que, en aquellos momentos, se inclinaba hacia ella y la miraba con tanta intensidad que le hacía querer gemir de placer.

Antes de que pudiera escudarse detrás de sus débiles protestas, él le colocó la mano en la nuca y la atrajo hacia su cuerpo, muy lentamente, tanto que ella tuvo tiempo de apreciar la profundidad de sus ojos oscuros, las delicadas líneas de expresión que enmarcaban sus rasgos, la sensual curva de su boca y la longitud de sus pestañas.

Lesley se dejó atrapar por el beso con un suave gemido, en parte resignación y en parte desesperación. Ella le colocó la mano en la nuca, copiando el gesto de él y, cuando sintió que la lengua invadía los delicados contornos de su boca, devolvió el beso. Inmediatamente, sintió como la entrepierna se le humedecía y le ponía los pezones en tensión.

–No deberíamos estar haciendo esto... –musitó ella rompiendo el beso durante unos segundos.

–¿Y por qué no?

–Porque esta no es la razón más adecuada para acostarse con alguien.

–No sé de qué estás hablando.

Alessio se inclinó sobre ella para volver a besarla, pero ella se lo impidió colocándole una mano sobre el pecho y con la ansiedad de su mirada.

–No te tengo pena, Alessio. Siento que no tengas la relación que te gustaría con tu hija, pero no te tengo pena. Cuando te mostré ese libro de recortes, lo hice porque sentía que sus contenidos eran algo que necesitabas conocer. Lo que siento es compresión y compasión.

–Y lo que yo siento es que no nos deberíamos perder en las palabras.

–¿Porque las palabras no son lo tuyo?

–No. Ya sabes que se dice que los gestos son más elocuentes que las palabras –respondió él con una sonrisa.

El cuerpo le ardía. Ella tenía razón. Las palabras no eran lo suyo, al menos no cuando se trataba de expresar sentimientos con ellas. La tomó entre sus brazos. Lesley lanzó un pequeño grito de sorpresa. Se echó a reír y le pidió que la dejara sobre el suelo inmediatamente. A pesar de que estaba delgada, era demasiado alta para que él pudiera pensar que podía jugar a hombre de las cavernas con ella.

Alessio no le hizo caso y la tomó en brazos. Subió con ella las escaleras hasta llegar a su dormitorio.

–A todas las mujeres les gustan los hombres de las cavernas –dijo él mientras abría la puerta de su dormitorio de una patada. Luego, la depositó cuidadosamente sobre la cama.

–A mí no –respondió Lesley mientras observaba a pesar de la penumbra cómo él comenzaba a desabrocharse la camisa.

Ya le había visto con poca ropa en la piscina. Debería saber lo que esperar en lo que se refería al cuerpo de Alessio. Sin embargo, cuando él se quitó la camisa, fue como si lo estuviera viendo por primera vez. Además, lo estaba observando mientras esperaba la promesa de que él la poseyera inmediatamente sobre aquella cama.

Efectivamente, Alessio no quería hablar. Quería poseerla rápida y duramente hasta que le oyera gritar de placer. Quería darle placer y sentir cómo ella alcanzaba el orgasmo cuando aún estaba dentro de ella.

Sin embargo, sería mucho más dulce tomarse su tiempo, saborear cada centímetro de su piel, contenerse y dejarse llevar por las sensaciones de hacerle el amor a un ritmo mucho más tranquilo.

–¿No? –replicó él. Entonces, se colocó la mano en la cremallera de los pantalones y comenzó a despojarse de ellos. No tardó en quedarse en calzoncillos–. ¿Crees que soy un hombre de las cavernas porque te he llevado en brazos escaleras arriba?

Muy lentamente, se quitó los calzoncillos. Lamentaba no haber encendido algunas luces porque le habría gustado apreciar la expresión del rostro de Lesley mientras ella lo observaba. Se acercó un poco más a la cama y se tocó ligeramente. Oyó que ella contenía rápidamente la respiración.

–Creo que, en general, eres un hombre de las cavernas –dijo Lesley, mientras observaba ávidamente la impresionante erección.

Cuando él se la sujetó con la mano, Lesley deseó hacer lo mismo, tocarse entre las piernas. Estaba muy nerviosa y deseó tener más experiencia, saber un poco más sobre lo que hacer con un hombre como él, un hombre que probablemente conocía todo lo que había que saber sobre el sexo.

Se incorporó, cruzó las piernas y extendió la mano para tocarle a él. Reemplazó su mano con la suya. Fue ganando confianza cuando oyó que él temblaba de apreciación.

Resultaba muy excitante estar completamente vestida mientras él estaba completamente desnudo.

–¿Te gusta?

Cuando ella lo rodeó con la boca, Alessio gimió de placer y echó la cabeza hacia atrás. Le parecía que había muerto y se había ido al Cielo. La humedad de la boca de Lesley sobre su potente erección, el modo en el que lo lamía y lo saboreaba le aceleraron la respiración. Le agarró el corto cabello con la mano, consciente de que tenía que contenerse o correría el riesgo de terminar todo aquello prácticamente antes de empezar.

Lamentándolo mucho, se apartó de ella. Entonces, se tumbó a su lado sobre la cama.

–¿Sería un hombre de las cavernas si te desnudara? Yo no... –susurró mientras deslizaba los dedos por debajo de la camiseta y comenzaba a sacársela por la cabeza–... querría... –añadió. A continuación fueron los vaqueros, que ella misma se quitó para quedarse en sujetador y braguitas, prendas blancas y funcionales que tenían un aspecto maravilloso sobre su pie–... ofender tu sensibilidad feminista.

Por mucho que lo intentaba, Lesley no era capaz de encontrar dónde había colocado aquella sensibilidad feminista de la que él hablaba. Se llevó las manos a la espalda para quitarse el sujetador, pero él le apartó suavemente las manos para llevar a cabo la tarea. Entonces, contempló con apreciación los pequeños pero perfectos pechos. Tenía los pezones grandes, oscuros sobre unos pechos pequeños y puntiagudos que se ofrecían a él como dulce y delicada fruta.

Con un rápido movimiento, Alessio se colocó a horcajadas encima de ella. Lesley cayó sobre la almohada con un suave gemido de excitación. Estaba muy húmeda... Cuando él extendió la mano por debajo de las braguitas, ella gruñó y se tapó los ojos con una mano.

–Quiero verte, cariño mío –susurró él mientras se bajaba un poco para colocarse ligeramente encima de ella–. Aparta la mano.

–No suelo hacer esta clase de cosas –musitó ella–. No me van las aventuras de una noche. Jamás lo he hecho. No veo el motivo.

–Shh...

Alessio la miró hasta que ella se sintió arder de deseo. Entonces, comenzó a lamerle suavemente un pecho, moviéndose en círculos concéntricos hasta que la lengua encontró el pezón. La sensible punta se puso completamente erecta. Cuando él se lo metió en la boca, Lesley comenzó a temblar de placer y arqueó la espalda para no perder ni una sola oleada de placenteras sensaciones.

Tenía que quitarse las braguitas. Estaban húmedas y resultaban incómodas, pero el cuerpo de Alessio se lo impedía. Prefirió dejarle que él siguiera besándole los pechos. Le apretó la cabeza con la mano y comenzó a emitir gemidos de placer a medida que él iba chupándole y torturándole la sensible piel, moviéndose entre los senos y, por último, lo que volvió completamente loca a Lesley, trazarle las costillas con la lengua mientras se abría paso sobre la excitada piel para llegar al ombligo.

El aliento de Alessio era muy cálido, tanto que aceleró aún más la respiración de Lesley. No se podía creer lo que estaba ocurriendo y, sin embargo, se sentía desesperada completamente porque continuara.

Al notar que él comenzaba a bajarle las braguitas, contuvo la respiración. Sintió cómo Alessio le separaba las piernas y comenzaba a acariciarle el centro de su feminidad con la lengua. Ella gruñó de placer. Nunca antes había experimentado aquello. Le agarró con fuerza el cabello y tiró de él, pero su cuerpo comenzó a responder con una escandalosa falta de inhibición. Él seguía saboreándola, torturando su henchida feminidad, hasta que, por fin, ella perdió la habilidad de pensar con claridad.

Alessio sentía plenamente el modo en el que ella respondía, como si los dos compartieran la misma onda. En un instante, comprendió que todo lo demás que había experimentado antes con mujeres no podía competir con lo que estaba ocurriendo en aquellos momentos. Aquella mujer había visto más de él que ninguna otra antes.

Lo más extraño de aquello era que Lesley no había provocado aquella situación. Tampoco él la había anticipado. Simplemente la miró, le gustó lo que vio y lo deseó. Sin embargo, por primera vez en su vida, le daba la sensación de que lo que estaba ocurriendo entre ellos no tenía que ver simplemente con el sexo.

Sin embargo, el sexo era maravilloso.

Apartó aquellos pensamientos y se perdió en el cuerpo de Lesley, en sus gemidos, en sus movimientos, hasta que, por fin, cuando sintió que ella deseaba alcanzar el orgasmo, se apartó un poco para sacar un preservativo de la mesilla de noche.

Lesley casi no podía soportar aquella pausa. Se sentía viva de un modo en el que jamás había estado antes y eso la aterrorizaba. Sus relaciones con el sexo opuesto siempre se habían visto marcadas por un cierto sentimiento de defensa que surgía de sus propias inseguridades.

Como se había criado en una familia en la que no había mujeres, había desarrollado unas extraordinarias habilidades en lo que se refería a mantenerse firme con el sexo opuesto. Sus hermanos la habían convertido en una mujer dura y le habían enseñado el valor de la competición y los beneficios de no verse jamás acobardada por un hombre, de saber que podía mantener su terreno.

Sin embargo, nadie había podido ayudarla durante los años de la adolescencia, cuando se marcaban más claramente las distinciones entre niños y niñas. Ella había observado desde la banda y había decidido que el lápiz de labios y el rímel no eran para ella y que el deporte era mucho más divertido. Lo importante no era el aspecto, sino lo que había en el interior de las personas, y lo que había en el interior de ella, su inteligencia, su sentido del humor, su capacidad para la compasión, no necesitaba verse camuflado con maquillaje o ropas seductoras.

Los únicos hombres por lo que se había sentido atraída eran los que habían visto en ella quién era realmente, los que no se volvían cada vez que una rubia con minifalda pasaba a su lado.

Entonces, ¿qué estaba haciendo con Alessio Baldini?

Suspiró y cerró los ojos al sentir que él volvía a colocarse sobre ella, entre sus piernas. Cuando él la penetró, profunda y potentemente, se sintió transportada a otro planeta. Juntos, comenzaron a construir un ritmo que hizo que ella se olvidara de todo.

Entre gritos de placer, no tardó en empezar a experimentar una ola de intenso placer. Sintió que todo su ser se echaba a temblar y se arqueó hacia él fundiéndose los dos cuerpos perfectamente.

Aquel instante pareció durar una eternidad. Solo volvió a tomar tierra cuando él se apartó de ella y lanzó una maldición.

—El preservativo se ha roto.

Lesley despertó de repente de la agradable nube en la que se encontraba. De repente, los pensamientos de duda volvieron a adueñarse de ella con doble intensidad.

¿Qué diablos había hecho? ¿Cómo se podía haber permitido terminar en la cama con aquel hombre? ¿Acaso había perdido la cabeza? Aquella situación no llevaba a ninguna parte. Ella era Lesley Fox, una mujer práctica e inteligente que tendría que haberse dado cuenta de que no podía acostarse con un hombre que, en circunstancias normales, ni siquiera se habría fijado en ella.

En todos los niveles, él era la clase de hombre al que jamás se habría acercado, de igual modo que ella era la clase de mujer en la que él nunca se habría fijado. Literalmente, habría sido invisible para él porque ella no era su tipo.

El destino los había reunido y había surgido una atracción entre ellos. Sin embargo, ella sabía que sería una completa estúpida si no reconociera que esa atracción se basaba exclusivamente en la novedad.

–¿Cómo diablos ha podido ocurrir algo así? –decía Alessio con la voz llena de ira–. Esto es lo último que necesito en estos momentos.

Lesley comprendía su reacción. Se había casado engañado con una mujer que se quedó embarazada de él y, desde entonces, su vida entera había quedado marcada por ese hecho. Por supuesto, no quería volver a repetir la situación.

Sin embargo, le dolió escuchar la ira que había en su voz.

–No pasa nada –dijo ella secamente. Se sentó y observó cómo él se incorporaba como movido por un resorte y comenzaba a buscar sus calzoncillos tras haberse quitado el preservativo.

–¿Y cómo puedes estar tan segura?

–No es el momento adecuado del mes para que eso ocurra –respondió ella. Sin que Alessio la viera, cruzó los dedos y trató de calcular cuándo había tenido su último periodo–. Puedes estar tranquilo, además, de que no quiero quedarme embarazada. Tal y como parece, esto ha sido una mala idea.

Tras sacar una camiseta limpia de uno de los cajones, Alessio regresó a la cama. Ya no podía hacer nada sobre lo ocurrido con el preservativo. Solo podía esperar que ella estuviera en lo cierto.

No obstante, le dolió que ella pudiera decir que hacer el amor con él había sido una mala idea. En cierto modo, se sentía dolido.

–¿Sabes qué? Esto. Nosotros. Haber terminado juntos en una cama. No debería haber ocurrido.

–¿Por qué no? Nos sentimos atraídos el uno por el otro. ¿Cómo puede haber sido una mala idea? Además, me estaba dando la sensación de que estabas disfrutando con la experiencia –comentó él mientras la mirada fijamente. Sin poder evitarlo, Lesley sintió que su libido volvía a despertarse.

–No se trata de eso –replicó ella mientras se levantaba de la cama, a pesar de ser muy consciente de su desnudez. Apretó los dientes para no agarrar la colcha de la cama para cubrirse.

–Dios, eres tan hermosa...

Lesley se sonrojó y apartó la mirada. Se negaba a creer que él hablara en serio. La novedad era algo hermoso al principio, pero se convertía en algo aburrido muy rápidamente.

–¿Y bien? –le preguntó mientras le agarraba la muñeca. Entonces, le agarró el rostro para que a ella no le quedara más remedio que mirarlo.

–¿Y bien qué?

–Bueno, que nos volvamos a la cama...

–¿Acaso no has escuchado ni una sola palabra de lo que he dicho?

–Todas y cada una de ellas –susurró él mientras la besaba delicadamente en la comisura de la boca y luego muy suavemente en los labios.

En un abrir y cerrar de ojos y, muy a su pesar, Lesley sintió que su determinación comenzaba a fallar.

–Tú no eres mi tipo –mintió. Se negaba a ceder.

–¿Porque soy un hombre de las cavernas?

–¡Sí! –protestó ella cuando Alessio volvió a tomarla en brazos y volvió a dirigirse con ella a cama.

–Entonces, ¿qué es lo que buscas en un hombre? –murmuró Alessio.

En aquella ocasión, él los tapó a ambos con la colcha. Estaba ya muy oscuro fuera. Incluso con las cortinas abiertas, la noche se había convertido en terciopelo negro. La habitación quedaba iluminada tan solo por una luna oriental que atravesaba la oscuridad e iluminaba débilmente la habitación.

Sabía que ella no quería, pero tenía que convencerla para que cambiara de opinión. La deseaba más de lo que hubiera deseado nunca antes a cualquier mujer.

–No busco a alguien como tú, Alessio –susurró Lesley. Entonces, le apretó las manos contra el torso y sintió los suaves latidos de su corazón.

–¿Por qué? ¿Por qué no a alguien como yo?

–Porque... porque tú no eres la clase de hombre con el que me imaginé nunca teniendo una relación. Eso es todo.

–No estamos hablando de matrimonio, Lesley. Estamos hablando de disfrutar –afirmó él. Se incorporó un poco para apoyarse sobre un codo–. No estoy buscando compromiso más de lo que, probablemente, lo estás buscando tú. Además, todavía no me has explicado cómo es el hombre que, según tú, es «tu tipo».

Alessio sabía que, a pesar de que ella clamara que todo aquello era un error, Lesley lo deseaba tanto como él a ella. Sabía que si le metía un dedo, encontraría prueba evidente de su estado de excitación. Podría poseerla allí mismo si quisiera, a pesar de lo que ella decía. Sin embargo, el comentario le había dolido.

–Te has ofendido, ¿verdad? –le preguntó Lesley. Alessio se apresuró a negarlo.

Lesley se arrepintió de haberle hecho aquella pregunta. ¡Por supuesto que no se había ofendido! Para sentirse ofendido, tendría que sentir algo por ella y ese no era el caso, tal y como le había dejado él perfectamente claro.

–¡Qué alivio! –exclamó ella–. ¿Mi tipo? Supongo que los hombres considerados, cariñosos, sensibles... alguien que cree en las mismas cosas que yo. Que tiene intereses similares... Tal vez incluso que trabaja en lo mismo que yo. Ya sabes, artístico, creativo y que no le preocupa demasiado lo de ganar dinero.

Alessio sonrió.

–Suena muy divertido. ¿Seguro que alguien así podría ser para ti? No. Olvídate de eso. Estamos hablando demasiado. Tenemos cosas mucho mejores que hacer y, ahora que ya hemos establecido que no te puedes resistir a mí aunque soy la última persona que desearías en tu vida, hagamos el amor.

–Alessio...

Él ahogó las protestas de Lesley con un largo beso, que hizo que ella soltara un suspiro de pura resignación. Aquello no tenía sentido. Era una completa idiota... ¿Dónde estaba la mujer práctica y sensata? De lo único de lo que parecía ser capaz era de ceder.

–Y –le murmuró él al oído–. Por si crees que lo de Italia ha pasado a un segundo plano porque yo no trabajo para una compañía de diseño, olvídalo. Sigo queriendo que me acompañes. Confía en mí. Haré que merezca la pena.

Capítulo 7

DESPUÉS de aquella noche, todo pareció ocurrir a la velocidad de la luz. Por supuesto, no tuvieron que esperar a encontrar un vuelo barato o a navegar por la red para buscar un lugar en el que alojarse. Ninguno de los habituales inconvenientes para el resto de los mortales puso en peligro la repentina decisión de Alessio de llevarse a Lesley a Italia.

Dos días después, los dos se montaban en un avión con destino a Italia.

Iba a ser una visita sorpresa. Armados con la información de la que disponían, iban a conseguir que Rachel les contara todo. Pondrían las cartas sobre la mesa y, entonces, cuando regresaran al Reino Unido, Alessio se ocuparía de la otra parte de la ecuación. Le haría una visita informal a su remitente y se aseguraría de que los dos alcanzaran un final feliz en el que el dinero no cambiara de manos.

En privado, Lesley se había preguntado de qué modo se acercaría a su hija. ¿Lo haría con dureza? La relación con Rachel era prácticamente inexistente y Lesley se preguntó cómo tenía la intención de mejorarla si se disponía a solucionar las cosas con la misma delicadeza que un elefante en una cacharrería.

Esa era una de las razones por las que había accedido a acompañarle a Italia.

Sin decirlo explícitamente, sabía que Alessio buscaba en ella una especie de apoyo moral invisible. No obstante, él le había dicho bastante claramente que la necesitaba principalmente para explicar los tecnicismos de lo que había descubierto, si la situación terminaba por requerirlo.

–Llevas media hora sin decir nada –le dijo Alessio mientras entraban en la primera clase del avión–. ¿Por qué?

–Estaba pensando en lo rápidas que han ido las cosas –respondió mientras les indicaban su asiento, que era tan grande como un sillón, y les ofrecían una copa de champán, que ella rechazó–. Vine a hacer un trabajo para ti, pensando que entraría y saldría de tu casa en cuestión de pocas horas y, aquí estoy, días más tarde, embarcando en un avión con destino a Italia.

–Lo sé... La vida está llena de aventuras y de sorpresas. Confieso que a mí mismo me sorprende el modo en el que se han desarrollado las cosas. Sorprendido, pero con agrado.

–Porque has conseguido lo que querías –se quedó Lesley.

Ella estaba tan acostumbrada a su independencia que no podía sentirse algo molesta por el modo en el que él la había convencido para que hiciera exactamente lo que él quería. A pesar de todo, lo ocurrido en los últimos días había sido lo más excitante de su vida.

–Yo no te he obligado a nada –afirmó Alessio.

–Fuiste a mi trabajo y hablaste con mi jefe.

–Solo quería señalar el mundo de oportunidades que tenía a sus pies si te dejaba marcharte conmigo a Italia durante una semana.

–No quiero ni pensar lo que estarán diciendo los chismosos de mi empresa sobre esta situación...

–¿Acaso te importa lo que piense la gente?

–¡Por supuesto que sí! –exclamó ella.

Se sonrojó porque, a pesar de su cacareada independencia, seguía teniendo la necesidad básica de sentirse querida y aceptada. No se le daba muy bien mostrar esa faceta suya. De hecho, se sentía muy incómoda con el hecho de que, como Alessio, le hubiera mostrado más de sí misma de lo que quería.

Alessio no lo sabía, pero, al contrario de lo que se podía esperar, se había permitido entrar en un territorio desconocido para ella y tener una experiencia completamente nueva con un hombre, a pesar de que sabía que él no era el más adecuado para ella.

–Relájate y disfruta del viaje –le aconsejó él.

–No voy a disfrutar nada teniendo que mostrarle a tu hija toda la información que he conseguido descubrir. Ella se va a dar cuenta de que he estado registrando sus cosas.

–Si Rachel hubiera querido mantener su vida en privado, debería haber destruido todas las pruebas. El hecho es que sigue siendo una niña y no tiene voto alguno en lo que se refiere a que nosotros hagamos lo necesario para protegerla.

–Tal vez ella no lo vea de ese modo.

–En ese caso, tendrá que hacer un gran esfuerzo.

Lesley suspiró y se reclinó en el asiento con los ojos cerrados. En realidad, lo que Alessio hiciera con su hija no era asunto suyo. Había colaborado en sacarlo todo a la luz, pero la solución y las repercusiones no eran asunto suyo. Ella regresaría pronto a la bendita seguridad de su mundo. La historia de Alessio y su hija sería, en lo sucesivo, un misterio para ella. Por lo tanto, no debía sentir remordimiento alguno.

No obstante, tuvo que morderse la lengua para no decirle a él lo que pensaba, aunque sabía que él tenía todo el derecho del mundo a obviar los consejos que ella pudiera ofrecerle sobre la peculiaridad de su relación, si lo que existía entre ellos se podía considerar una relación. Ella era su amante, una mujer que seguramente sabía demasiado de su vida. Le había pagado para que investigara un problema personal, pero, aunque se acostaban juntos, no tenía derecho a tener opinión alguna sobre ese problema.

En una relación normal, ella se habría sentido libre de decir lo que pensaba, pero aquella no era una relación normal para ninguno de ellos. Ella había sacrificado sus principios por el sexo y seguía sin comprender por qué. Tampoco entendía por qué no tenía remordimiento alguno.

De hecho, cuando él la miraba del modo en el que la estaba mirando en aquellos momentos, sentía la embriagadora necesidad de verse poseída por él.

Por suerte, Alessio no podía leer sus pensamientos. Por lo que a él se refería, ella era una mujer preocupada por su profesión, con tan pocos deseos de mantener una relación a largo plazo como él. Los dos se habían sentido atraídos por una combinación de proximidad y novedad.

—No haces más que pensar en algo. ¿Por qué no lo sueltas y te lo quitas de en medio?

—¿Quitarme el qué de en medio?

—El modo en el que estés en desacuerdo conmigo sobre la forma en la que tengo intención de manejar esta situación.

—No te gusta que yo te diga lo que pienso —replicó ella.

—No, pero tampoco me gusta cuando te veo pensando y no dices nada. Me viene a la cabeza la expresión de «entre la espada y la pared».

—Está bien. Simplemente no creo que debas enfrentarte a Rachel y preguntarle qué demonios es lo que está pasando.

El avión estaba preparándose para el despegue. Lesley quedó en silencio un rato mientras daban las instrucciones de seguridad. En cuanto estuvieron en el aire, ella volvió a mirar a Alessio con preocupación.

–Resulta difícil saber cómo obtener respuestas si no las exiges –comentó él.

–Conocemos la situación.

–Y yo quiero saber cómo ha llegado al punto en el que está ahora. Una cosa es saber el resultado, pero no tengo intención de permitir que la historia se repita.

–Tal vez te vendría bien probar un poco de compasión.

Alessio lanzó un bufido.

–Tú misma has dicho que es una niña –le recordó ella suavemente.

–Me podrías librar del horror de estropear las cosas irremediablemente hablando tú con Rachel –dijo él.

–No es mi hija.

–En ese caso, permíteme que resuelva esto a mi manera –replicó él, aunque sabía que ella tenía razón. No había manera de hacerle con tacto las preguntas que debía preguntarle. Si su hija no sentía mucha simpatía por él en aquellos momentos, menos la iba a tener cuando terminara de hablar con ella.

Por supuesto, las fotos y los recortes que tenía de él indicaba, como Lesley le había dicho, que no era completamente indiferente al hecho de que él era su padre. Sin embargo, ¿sería eso suficiente para sacarles de aquella crisis? No era probable, sobre todo cuando Rachel supiera que él lo había descubierto cuando estaba investigándola.

–Lo haré –dijo ella de repente. Alessio la miró completamente asombrado–. Lo haré. Hablaré con Rachel si quieres –añadió con un suspiro.

–¿Y por qué?

¿Por qué? Porque no podía soportar verlo con la expresión que tenía en el rostro en aquellos momentos, con la derrota reflejada en sus hermosos rasgos. ¿Por qué le importaba? No trató de responder esa pregunta.

–Porque yo estoy fuera de todo este lío. Si ella dirige toda su ira contra mí, cuando te llegue a ti el turno, se le habrá pasado ya un poco.

–¿Y qué posibilidades hay de que...?

–No muchas, pero merece la pena intentarlo, ¿no te parece? Además, se me da bien ejercer de mediadora. Practiqué mucho en mi infancia. Cuando hay seis hermanos en una familia y un padre que no para de trabajar, siempre hay alguna oportunidad de practicar la habilidad de saber mediar.

Sin embargo, no había tenido oportunidad de practicar lo de ser una chica. Por eso era de ese modo en la actualidad: dubitativa en las relaciones, insegura a pesar de que tenía todo lo necesario para hacer que cualquier relación durara. Solo Alessio había conseguido cambiar aquella manera de ser, el hecho de que siempre hiciera todo lo posible para mantener los hombres a raya.

Él era muy diferente a todos los hombres por lo que se había sentido atraída, tanto que había resultado fácil señalar su propia falta de seguridad en sí misma. Era una mujer inteligente, de carrera, con una vida brillante delante de ella, pero el hermoso rostro de Alessio había reducido todos esos logros a escombros.

Lesley lo miró y regresó a los años de su adolescencia, cuando simplemente no sabía cómo dirigirse a un chico. Para ella, Alessio Baldini no era la elección evidente en lo que se refería a un hombre con el que acostarse, pero lo había hecho y se alegraba de ello. Había roto la barrera de cristal que se interponía entre ella y el sexo opuesto. Resultaba extraño, pero él le había dado la seguridad que ni siquiera había sabido que necesitaba.

—Las habilidades de saber mediar son muy importantes en la adolescencia.

—No lo sé, pero tuve oportunidades de utilizarlas –susurró ella. Se reclinó hacia atrás y cerró los ojos–. Mi madre murió cuando yo era muy joven. Casi no la recuerdo. Mi padre, por supuesto, siempre me hablaba de ella, de cómo era y de ese tipo de cosas y, por supuesto, en mi casa había fotos de ella por todas partes. Sin embargo, la verdad es que no tengo recuerdos suyos. No recuerdo haber hecho nada con ella. No sé si entiendes lo que te digo...

Alessio asintió. Nunca había creído que él pudiera ser la clase de hombre que tuviera capacidad para escuchar a las mujeres, pero, con Lesley, se sentía completamente atraído a todo lo que ella decía.

—Jamás pensé que echara de menos no tener madre. En realidad, jamás supe lo que se sentía al no tener una y mi padre siempre se portó muy bien conmigo. Sin embargo, veo ahora que crecer en una familia compuesta casi exclusivamente por hombres podría haberme dado seguridad en el sexo opuesto, pero solo en lo que se refiere a cosas como el trabajo y el estudio. Se me animaba a ser tan buena como ellos y creo que lo conseguí. Sin embargo, no se me enseñó a... Bueno...

—¿A maquillarte y a comprar ropa de chica?

—Parece una tontería, pero creo que a las chicas hay que enseñarles ese tipo de cosas. Me doy cuenta de que resulta muy fácil tener mucha confianza en un área, pero ninguna en otra –comentó ella sacudiendo tristemente la cabeza–. En lo que se refiere a la atracción y a la sexualidad, jamás tuve mucha confianza en mí misma.

–¿Y ahora?

–Me parece que sí, por lo que supongo que debería darte las gracias.

–¿Darme las gracias? ¿Por qué?

–Por animarme a sacar los pies del tiesto –contestó Lesley con esa franqueza que a él le resultaba tan atractiva.

Alessio se sintió momentáneamente distraído del sufrimiento que le esperaba en Italia. No tenía ni idea de adónde quería ir Lesley a parar con todo aquello, pero le daba la sensación de que la conversación se dirigía por un camino que él prefería no explorar.

–Encantado de poder ayudar –dijo él–. Espero que hayas metido ropa ligera en la maleta. El calor de Italia es bastante diferente del de Inglaterra.

–Si no hubiera aceptado este trabajo, no habría habido posibilidad alguna de que te hubiera conocido.

–Eso es cierto.

–No solo no nos movemos en los mismos círculos, sino que tampoco tenemos intereses en común.

Alessio se sintió vagamente indignado ante lo que le parecía un insulto camuflado. ¿Estaba comparándolo con la media naranja que aún no había conocido, con el hombre sensible y cariñoso y de vena artística?

–Si nos hubiéramos conocido en algún evento o algo así, yo jamás habría tenido la seguridad suficiente para hablar contigo –añadió ella.

–No sé adónde quieres llegar con esto.

–Lo que te digo es esto, Alessio. Me siento como si hubiera dado pasos muy grandes a la hora de ganar confianza en mí misma en ciertas cosas y eso, en cierto modo, es gracias a ti. Creo que, cuando regrese al Reino

Unido y vuelva a tener citas, podría ser una persona completamente diferente.

Alessio no podía creerse lo que estaba escuchando. No tenía ni idea de cómo habían empezado a hablar de aquel tema y le enfurecía que ella pudiera estar diciéndole a él, a su amante, lo que iba a ocurrir cuando volviera a salir con hombres.

—A salir con hombres.

—¿Se está volviendo esta conversación demasiado profunda para ti? —le preguntó ella con una sonrisa—. Sé que no te gusta meterte en profundidad en lo que se refiere a las mujeres y a las conversaciones.

—¿Y cómo lo sabes?

—Bueno, ya me has dicho que no te gusta animarlas a que se pongan a prepararte algo de comer por si piensan que ya tienen un pie en la puerta. Por lo tanto, me imagino que las conversaciones profundas figuran también la lista de temas prohibidos.

Era cierto. Jamás le habían gustado las conversaciones cuyo tema eran los sentimientos porque, por experiencia, siempre terminaban en el mismo lugar: invitaciones para conocer a los padres, preguntas sobre el compromiso y sobre el futuro de una relación.

De hecho, en el momento en el que esa clase de conversación comenzaba, solía sentir una urgente necesidad de terminar con la relación. Se había visto obligado a casarse y se había jurado que jamás se vería obligado por nadie a cometer otro error similar, por muy tentadora que resultara la mujer en cuestión.

—Tal vez no esté buscando a alguien con quien casarme, pero eso no significa que no esté preparado para tener una conversación profunda con las mujeres. Me siento insultado por el hecho de que se me haya utilizado como una especie de conejillo de Indias.

–¿A qué te refieres?

Lesley se sentía bien. La intranquilidad que se había apoderado de ella desde que reconoció lo mucho que Alessio le afectaba había pasado a un segundo plano con una explicación que tenía pleno sentido. Acostarse con él le había abierto los ojos a temores y dudas que llevaba albergando durante años. Se sentía que había enterrado una falta de seguridad en sí misma sobre su propia sexualidad bajo la fachada del éxito académico y, más tarde, del éxito en su profesión. Se había vestido de una manera que no hacía destacar su propia feminidad porque siempre había temido que careciera de lo necesario.

Sin embargo, tras acostarse con él, con un hombre que estaba muy por encima de ella en ese sentido, sentirse deseada por él, se había sentido orgullosa de su aspecto. No obstante, debía de tener muy claro que él era tan solo una prueba para ella. No debía dejarse llevar por una relación inexistente que no iba a llevarle a ninguna parte. Una relación que significaba mucho más para ella que para él.

Las pruebas proporcionaban conocimientos. Una vez que esos conocimientos se aprendían, resultaba más fácil seguir adelante. Y esas pruebas no tenían como resultado corazones rotos.

Respiró rápidamente.

–¿Y bien? –le preguntó–. ¿Qué has querido decir con eso?

Lesley lo miró. Se había visto transportada a un mundo completamente diferente al suyo en compañía de un hombre que era muy diferente también a la clase de hombres a los que ella estaba acostumbrada y ciertamente a años luz del hombre por el que ella hubiera esperado sentirse atraída.

Sin embargo, el sentido común no era aplicable al

poder de la atracción que él ejercía sobre ella. Si pensaba que no volvería a verlo, se sentía presa del pánico. ¿Qué significaba aquello?

—Lo que quiero decir es que me has utilizado —le espetó Alessio—. No me gusta que se me utilice y no me gusta que hables de volver a salir con hombres cuando nosotros aún seguimos siendo amantes. Espero que las mujeres con las que me acuesto solo tengan ojos para mí.

La arrogancia de aquella afirmación, que era tan típica de él, dibujó una sonrisa en los labios de Lesley.

Cuando le dijo que, en circunstancias normales, jamás se habrían conocido, lo había dicho en serio. Si, por casualidades de la vida, se hubieran conocido, se habrían mirado el uno al otro sin interés alguno.

Ella habría visto a un hombre frío, arrogante y muy rico y Alessio habría visto a una mujer que no se parecía en nada a la clase de mujeres con las que él salía. Por lo tanto, habría sido invisible. Sin embargo, las circunstancias los habían reunido y les había dado la oportunidad única de conocerse el uno al otro.

De todas formas, Lesley era lo suficientemente inteligente como para darse cuenta de que eso no cambiaba nada. Él jamás estaría interesado en una relación destinada a durar. Estaba marcado por su pasado y su principal objetivo era su hija y la resolución de la difícil situación en la que se encontraban. Podría haberse acostado con ella porque era tan diferente a lo que él estaba acostumbrado y porque ella estaba allí, dispuesta. Desgraciadamente, aunque él le había llegado muy hondo a ella y la había cambiado, Lesley no había hecho lo mismo con él.

—Estás sonriendo... —dijo él.

—No quiero discutir contigo. ¿Quién vas a decir que soy al presentarme a tu familia cuando lleguemos a Italia?

–No lo he pensado. ¿Y dónde van a tener lugar todas esas citas que esperas disfrutar?

–¿Cómo dices?

–No puedes empezar conversaciones que no tienes intención de terminar. Venga, ¿dónde vas a conocer a don Perfecto? Deduzco que vas a sentar la cabeza cuando regresemos a Inglaterra. ¿O acaso piensas empezar a buscar candidatos adecuados cuando lleguemos a Italia?

–¿Te ha disgustado lo que he dicho?

–¿Por qué me iba a disgustar?

–No tengo ni idea –replicó ella tan descaradamente como pudo–. Los dos sabemos que lo que hay entre nosotros no va a durar. Y, por supuesto, no pienso buscar en Italia candidatos adecuados. No se me ha olvidado la razón por la que voy.

–Me alegro –repuso él bruscamente.

Desgraciadamente, el ambiente entre ambos había cambiado. Él abrió su ordenador portátil y empezó a trabajar. Lesley, por su parte, captó la indirecta y sacó también su portátil para poder empezar a trabajar. No pudo concentrarse.

Decidió que lo que ella había dicho le había molestado y mucho. Quería que fuera suya, que le perteneciera por completo durante el tiempo que él considerara adecuado, hasta que se cansara de ella y decidiera que había llegado el momento de dejarla ir. El hecho de que ella hablara de salir con otros hombres debía de haber sido un duro golpe para su orgullo masculino. De ahí la reacción que había tenido. No estaba disgustado ni celoso.

Al cabo del rato, el avión comenzó a descender. Pronto aterrizaron en el aeropuerto de Liguria y todo desapareció, incluso la razón que los había llevado allí en primer lugar.

Un chófer los estaba esperando para llevarles a la casa que Alessio tenía en la península.

–En el pasado, venía aquí con mucha más frecuencia –musitó.

–¿Y qué ocurrió?

Era la primera vez que Lesley visitaba Italia y le costó apartar la mirada de la ventana, desde la que podía contemplar verdes montañas cubiertas de hermosa y exuberante vegetación.

–La vida pareció hacerse demasiado real. Descubrí que Bianca tenía tan poco que ver con esta parte de Italia que evitaba estar aquí y, por supuesto, donde ella iba, mi hija la acompañaba. Se me quitó el interés durante un tiempo y, además, el trabajo me prohibió las largas vacaciones que este lugar merece.

–¿Y por qué no vendiste tu casa?

–No tenía razón urgente para hacerlo. Ahora, me alegro de no haberlo hecho. Dadas las circunstancias, podría haber resultado algo incómodo estar bajo el mismo techo con Claudia y Rachel. Había pensado no decirle nada a mi suegra sobre nuestra llegada, pero decidí quitarle el elemento sorpresa. De todos modos, le pedí que no le dijera nada a Rachel por razones evidentes.

–¿Y esas razones son?

–Podría escaparse.

–¿Y crees que podría hacerlo? ¿Y adónde podría irse?

–Supongo que conoce Italia mejor que yo. Tiene amigos en la zona sobre los que yo no sé nada. Por eso, me da miedo pensar que Claudia pudiera hacerse cargo de ella permanentemente.

Los dos quedaron en silencio. Cuando por fin llegaron a la casa de Alessio, el sol se estaba poniendo.

La casa estaba situada en lo alto de una colina, junto a un profundo barranco que terminaba en el mar. Cuando entraron, el ama de llaves les condujo a su dormitorio. Fue entonces cuando Alessio le informó de que tenía intención de ir a visitar a su suegra aquella tarde.

Él se acercó a la ventana para contemplar las vistas. Instantes después, se volvió para mirar a Lesley. Con unos pantalones anchos y un pequeño chaleco de seda, tenía un aspecto espectacular. Le turbaba pensar que, a pesar del asunto tan importante que tenía entre manos, ella era capaz de distraerlo hasta el punto en el que lo único en lo que era capaz de pensar era en lo que haría ella cuando regresara a Londres y comenzara con sus citas.

Jamás hubiera dicho que su ego nunca pudiera sufrir daño alguno, pero se le ponían los pelos de punta al pensar en que otro hombre podría tocarla. ¿Desde cuándo era él posesivo e incluso celoso?

—Así Rachel tendrá tiempo de consultarlo con la almohada y podrá poner las cosas en perspectiva para hacerse a la idea de que tiene que regresar con nosotros.

—Lo dices como si fuéramos a regresar mañana mismo —comentó ella. Estaba junto a la cama. Sentía el cambio en su estado de ánimo y se preguntó si sería por la preocupación que tenía como padre. Quería extender la mano y reconfortarlo, pero sabía que eso era lo último que él quería. Creía que él había dicho que estarían en el país italiano al menos una semana. Se preguntó a qué venían las prisas por marcharse tan rápidamente. Tal vez creía de verdad que lo había estado utilizando y quería librarse de ella lo antes posible.

No obstante, el orgullo le impidió pedirle las explicaciones pertinentes.

—No es que importe cuando nos vayamos —se apresuró a añadir—. ¿Tengo tiempo de darme una ducha?

—Por supuesto. Tengo que ponerme al día con algunos asuntos de trabajo y puedo hacerlo mientras tú te duchas. Te esperaré abajo en el salón. Al contrario de mi casa de Londres, en esta podrás encontrarlo todo sin la ayuda de un mapa.

Alessio le dedicó una sonrisa y ella se la devolvió. Entonces, murmuró algo adecuado, pero se sintió muy triste al darse cuenta de que tenía un nudo en la garganta.

El sexo entre ellos era tan apasionado que había esperado que él le dedicara una pícara sonrisa, que se hubiera metido con ella en la ducha y que se hubiera olvidado de cuál era la razón por la que habían ido hasta allí, al menos durante un tiempo.

En vez de eso, desapareció por la puerta sin mirar atrás. Lesley se tuvo que tragar su desilusión.

Cuando se duchó, se puso unos vaqueros y una camiseta. Lo encontró esperándola en el salón, caminando de arriba abajo mientras agitaba las llaves del coche en la mano. El chófer se había marchado después de dejarlos en la casa, por lo que ella se preguntó cómo iban a llegar a la villa de Claudia. No tardó en descubrir que había un pequeño todoterreno esperándolos en el garaje lateral de la casa.

Tenía todos los papeles en una mochila que se había colgado del hombro.

—Espero no ir vestida demasiado informalmente –le dijo–. No sé lo formal que es tu suegra.

—Estás bien –la tranquilizó. De repente, recordó su cuerpo desnudo y los latidos del corazón parecieron acelerársele. Debía centrarse en la situación que le ocupaba en vez de pensar en ella y en las elecciones que ella pensara hacer en la vida–. Tu estilo de ropa no es lo importante aquí –le espetó.

Lesley asintió y se dio la vuelta.

–Lo sé –replicó ella fríamente–. Simplemente no me gustaría ofender a nadie.

–No te creas que no te agradezco lo que estás haciendo –afirmó él en voz baja–. No tenías por qué venir.

–Aunque te aseguraste de que lo hacía poniéndole a mi jefe delante de la nariz la zanahoria de un gran contrato.

Al notar cómo le respondía, la miró y le observó atentamente el rostro. Entonces, el cuerpo de Lesley pareció cobrar vida. Como si oliera esa reacción, Alessio sintió que parte de la tensión abandonaba su cuerpo y sonrió. Aquella vez, fue una sonrisa genuina y cálida.

–Siempre me ha gustado utilizar todas las herramientas que tenía a mano –murmuró él. Lesley le dedicó una sonrisa.

Ella notó que él estaba de mejor humor. Decidió que lo único que podía hacer era disfrutar de aquella vuelta a la normalidad. Cuando había tensión entre ellos, se había sentido fatal. Decidió que tenía que recobrar la perspectiva y reconsiderar lo que significaba aquel viaje. Disfrutaría mientras estuvieran en Italia y, cuando regresaran al Reino Unido, retornaría a su vida de siempre. Ya había preparado los cimientos de una excusa plausible, que le permitiría retirarse con la dignidad y el orgullo intactos.

Sería el momento de dejar atrás lo vivido en aquellos últimos días.

Capítulo 8

EL TRAYECTO a la mansión de Claudia les llevó aproximadamente media hora. Alessio le contó que llevaba un año y medio sin regresar a Portofino, pero parecía conducir sin esfuerzo por las estrechas carreteras.

Llegaron a una casa que era dos veces más grande que la de Alessio.

—A Bianca siempre le gustó la ostentación —comentó secamente mientras apagaba el motor del coche. Los dos miraron durante unos instantes la imponente casa—. Cuando nos casamos y ella descubrió que el dinero no era problema, decidió que su misión en la vida era gastar. Como te dije antes, terminó pasando muy poco tiempo aquí. Estaba demasiado aislada. Una tranquila vida al lado del mar no era su idea de diversión.

—¿Sabe tu suegra que yo vengo?

—No —admitió Alessio—. Por lo que se refiere a Claudia, he venido aquí para domar a mi descarriada hija y llevármela de vuelta a Londres. Pensé que era mejor no darle más detalles. No creí que a Rachel le hubiera gustado que su abuela supiera todos los entresijos de lo que ha estado ocurriendo. Está bien. Terminemos con esto.

Llamaron al timbre, cuyo sonido resonó por toda la casa. Justo cuando Lesley había empezado a pensar que no había nadie en la casa a pesar de que las luces estaban encendidas, se escucharon unos pasos. Entonces, la puerta se abrió. Delante de ellos, apareció una diminuta y tímida mujer de poco más de sesenta años. Cabello oscuro, ojos ansiosos y negros y un rostro que parecía preparado para una sorpresa desagradable hasta que vio quién estaba en la puerta. En ese momento, la expresión de temor se transformó en una radiante sonrisa.

Lesley esperó mientras los dos hablaban rápidamente en italiano. Claudia tan solo se percató de su presencia cuando se produjo una pausa en la conversación.

Habían llegado sin avisar y, por supuesto, nadie los esperaba para cenar. Claudia le dijo que Alessio no le había dado detalles. Entonces, agarró a Lesley del brazo y la llevó al interior de la casa.

–Ni siquiera estaba segura de que fuera a venir –le confió la mujer–, y mucho menos de que fuera a hacerlo acompañado de una amiga...

Lesley se limitó a sonreír débilmente. Alessio dijo algo en italiano y, entonces, cuando entraron en el salón vieron que, efectivamente, la cena había sido interrumpida.

Un paso por detrás de Alessio y Claudia, Lesley contempló nerviosamente la estancia. Se sentía como una intrusa. Observó que había un enorme retrato de una hermosa mujer de belleza morena y racial, imponente melena y expresión altiva. Ella dio por sentado que se trataba de Bianca y comprendió perfectamente por qué un muchacho de dieciocho años se habría sentido inmediatamente atraído hacia ella.

La tensión en el comedor era palpable. Claudia parecía tensa y tenía una forzada sonrisa en el rostro. Alessio observaba con la mirada entornada a una muchacha que lo miraba a su vez con declarada insolencia.

Rachel parecía tener bastante más de dieciséis años, aunque en realidad tan solo le faltaban unas pocas semanas para cumplir los diecisiete.

La escena pareció inamovible durante varios minutos. De repente, Claudia comenzó a hablar en italiano mientras que Rachel la ignoraba descaradamente. Se limitaba a observar a Alessio y a Lesley con la concentración de una exploradora que ve por primera vez una nueva especie.

–¿Quién eres tú? –le preguntó por fin, sacudiéndose una larga melena oscura muy parecida a la de la mujer del retrato, aunque las similitudes terminaban ahí. Rachel tenía el aspecto aristocrático de su padre.

–Claudia –dijo Alessio antes de que Lesley pudiera responder–. Si nos excusas, tengo que hablar tranquilamente con mi hija.

Claudia pareció muy aliviada y se marchó corriendo, cerrando la puerta antes de salir.

Inmediatamente, Rachel se puso a hablar en italiano, pero Alessio levantó una mano con gesto autoritario.

–¡En inglés!

Rachel lo miró con desprecio. Se mostraba desafiante, pero resultaba evidente que no se atrevía a enfrentarse a su padre.

–Me llamo Lesley –susurró ella rompiendo el silencio. No se molestó en ofrecerle la mano ni en hacer ademán de darle un beso porque sabía que su oferta sería rechazada. Se limitó a sentarse. Allí vio que Rachel había estado jugando con su teléfono móvil–. Yo ayudé a crear ese juego –comentó–. Fue hace tres años. Se me pidió que diseñara un sitio web para una empresa nueva y al final terminé colaborando con ellos en sus juegos. Me gustó mucho hacerlo. Ojalá hubiera sabido lo importante que se iba a hacer ese juego. Habría insistido en que se reflejara mi nombre y ahora estaría recibiendo derechos de autor.

Automáticamente, Rachel apagó el teléfono y le dio la vuelta.

Alessio se acercó a su hija y se sentó junto a Lesley, de manera que ella quedó atrapada entre padre e hija.

–Sé por qué has venido –dijo Rachel dirigiéndose a su padre en un inglés perfecto–. Y no pienso regresar a Inglaterra. No voy a volver a ese estúpido internado. Lo odio y odio también vivir contigo. Voy a quedarme aquí. La abuela Claudia dice que está encantada de que me quede.

–Estoy seguro de ello –replicó Alessio midiendo sus palabras–. Estoy seguro de que nada te gustaría más que quedarte aquí con tu abuela, sin control alguno y haciendo lo que te apetece, pero eso no va a ocurrir.

–¡No me puedes obligar!

Alessio suspiró y se mesó el cabello con los dedos.

–Eres menor de edad. Creo que no tardarías mucho en descubrir que sí puedo.

Lesley alternaba su atención entre padre e hija. Se preguntó si alguno de los dos se habría dado cuenta de lo mucho que se parecían, no solo físicamente, sino en su obstinación e incluso en ciertos gestos. Eran dos mitades de la misma moneda esperando a unirse.

–No tengo intención de discutir contigo por esto, Rachel. Es inevitable que regreses a Inglaterra. Los dos estamos aquí porque hay algo más de lo que hablar.

Al oír aquellas palabras, Lesley suspiró y se inclinó sobre su mochila para extraer la carpeta, que dejó sobre la brillante mesa.

–¿Qué es eso? –preguntó Rachel, con gesto dubitativo a pesar del tono desafiante de su voz.

–Hace unas semanas –dijo Alessio impasible–, empecé a recibir correos electrónicos. Lesley me ha ayudado a resolver lo que significaban.

Rachel estaba mirando fijamente la carpeta. Había palidecido y agarraba con fuerza los brazos del sillón. Impulsivamente, Lesley extendió la mano y cubrió la morena mano de la muchacha con la suya. Sorprendentemente, Rachel se lo permitió.

–Gracias a mí se descubrió todo esto –dijo Lesley con voz suave–. Me temo que revisé tu dormitorio. Por supuesto, tu padre habría preferido que yo no tuviera que hacerlo, pero era el único modo de entenderlo todo.

–¿Registraste mis cosas? –le preguntó Rachel indignada y confundida.

Lesley se había convertido en el objetivo de su ira en aquellos momentos. Ella respiró aliviada porque, cuanto menos hostilidad dirigiera ella hacia Alessio, más oportunidad tendría él de terminar reparando su relación con su hija. Merecía la pena.

Merecía la pena porque ella lo amaba.

Aquel pensamiento surgió de ninguna parte. Debería haberla dejado completamente anonadada, pero, en realidad, hacía tiempo que, en lo más profundo de su ser, ya había llegado a aquella conclusión. ¿Acaso no había sabido que, bajo las discusiones, el deseo y el descubrimiento de su sexualidad, radicaba la sencilla verdad de una atracción que jamás hubiera esperado?

–No tenías ningún derecho –bufó Rachel.

Lesley guardó silencio. Por fin, la muchacha fue calmándose y se hizo un profundo silencio.

–Ahora, dime –dijo Alessio con un tono de voz que no admitía discusión alguna–, ¿quién es Jack Perkins?

Lesley los dejó a sola tras explicar brevemente la información que tenía. Era la triste historia de una adolescente solitaria, que odia su internado y que se había empezado a relacionar con los amigos equivocados o, más bien, con el amigo equivocado. Uniendo trozos de papel y correos sueltos, Lesley averiguó que se había fumado un par de porros y que, sabiendo que la expulsarían también de aquel colegio, se convirtió en cautiva de un muchacho de dieciséis años con una seria adicción a las drogas.

Debería ser Alessio quien entrara en detalles. Mientras lo hacía, y sin saber qué hacer con su tiempo, salió al exterior y trató de ordenar sus pensamientos.

¿Qué iba a hacer a partir de ese momento? Siempre había tenido el control de su vida. Siempre se había sentido orgullosa del hecho de que sabía adónde se dirigía su vida. Jamás se había parado a pensar que algo tan alocado como enamorarse pudiera trastocar sus planes porque siempre había dado por sentado que se enamoraría de alguien que encajara en su vida sin causar demasiado jaleo. Cuando le dijo a Alessio que la clase de hombre que se imaginaba para ella sería alguien muy parecido a sí misma, no había estado mintiendo.

¿Cómo iba ella a imaginar que la persona equivocada se cruzaría en su camino y transformaría todo en un caos?

¿Qué iba a hacer?

Seguía pensando cuando sintió, antes que vio, a Alessio a sus espaldas. Se dio la vuelta. Incluso en la oscuridad, tenía el porte de un hombre que llevaba el peso del mundo sobre los hombros. Instintivamente se acercó a él y le rodeó la cintura con los brazos.

Alessio se sintió como si pudiera estar abrazado a ella para siempre. Abrumado por la intensidad de aquel sentimiento, la estrechó con más fuerza entre sus brazos y le cubrió la boca con la suya. Cuando él le deslizó la mano por debajo de la camiseta, Lesley dio un paso atrás.

–¿Lo único en lo que piensas siempre es en el sexo? –le espetó.

Ella misma respondió la pregunta y sabía que la contestación sería la sentencia de muerte para cualquier clase de relación que ellos pudieran tener. Alessio quería sexo, pero ella quería algo más. Era tan sencillo como eso. Nunca antes había sido tan profundo el abismo que los separaba. Era básicamente la distancia entre una persona que buscaba el amor y otra que solo quería sexo.

–¿Cómo está Rachel? –le preguntó asegurándose de mantener la distancia entre ellos.

–Muy nerviosa.

–¿Es eso lo único que tienes que decir? ¿Que está muy nerviosa?

–¿Estás tratando deliberadamente de provocarme para que tengamos una discusión? Porque, francamente, no estoy de humor para aliviar la tensión, sea cual sea, que haya provocado sin intención alguna –bramó.

–Y a mí me sorprende que hayas podido hablar con tu hija, tener esta incómoda conversación y, aun así, tener tan poco que decir sobre el tema.

–No me había dado cuenta de que mi deber era informarte a ti.

–Te has equivocado en tu elección de palabras.

Se sintió profundamente rechazada. Las cosas entre ellos irían bien mientras pudiera separar el sexo del amor, algo que le resultaba imposible hacer en aquellos momentos. Se mesó el cabello con los dedos y apartó la mirada de él, hacia el oscuro mar que se adivinaba al otro lado del precipicio.

Vio claramente cómo iban a ser las cosas a partir de aquel momento. Hacer el amor se convertiría en una experiencia agridulce. Se convertiría en la amante temporal y se preguntaría constantemente cuándo llegaría el final. Sospechó que sería poco después de que regresaran a Inglaterra. La refrescante novedad que ella había supuesto en su vida se apagaría y él empezaría a desear de nuevo la compañía de mujeres objeto que habían sido sus amantes hasta entonces.

—¿Te parecería bien que yo fuera a hablar con ella? —le preguntó Lesley. Alessio la miró sorprendido.

—¿Y qué esperas conseguir?

—Hablar con otra persona que no seas tú podría ayudarla.

—¿Aunque te considera la que ha cometido el delito de registrar su habitación? Debería haberle dicho que yo te lo pedí.

—¿Por qué? Supongo que ya tenías bastante de lo que ocuparte y, además, yo me marcharé y jamás os volveré a ver. Si me echa la culpa a mí, no me importa.

Alessio endureció el rostro, pero no hizo comentario alguno.

—Sigue en el comedor —dijo—. Al menos, allí fue donde la dejé. Claudia debe de haberse marchado a la cama y, francamente, no la culpo. Por la mañana, le diré que mi hija está de acuerdo en que lo mejor es regresar a Inglaterra conmigo.

—¿Y el internado?

—Eso aún hay que hablarlo, pero creo que puedo decir con toda seguridad que no va a volver.

—Me alegro. No tardaré mucho —prometió ella. Entonces, se dio la vuelta.

A pesar de que la presencia de Alessio la atraía como si fuera un imán, se dirigió hacia el comedor, sin imaginarse lo que se encontraría allí.

Casi había esperado que Rachel se hubiera marchado a otra parte de la casa, pero la muchacha seguía sentada en el mismo sillón, mirando por la ventana con gesto ausente.

—Pensé que estaría bien que charláramos un rato —le dijo ella. Se acercó a ella con cautela y arrimó una silla para sentarse a su lado.

—¿Para qué? ¿Has decidido que quieres disculparte por registrar mis cosas cuando no tenías derecho alguno para hacerlo?

—No.

Rachel la miró con gesto hosco. Entonces, apagó su teléfono móvil y lo dejó encima de la mesa.

—Tu padre ha estado muy preocupado.

—Me sorprende que haya podido tomarse tiempo libre para preocuparse —musitó Rachel mientras se cruzaba de brazos y miraba a Lesley con evidente antagonismo—. Todo esto es culpa tuya.

—En realidad, no tiene nada que ver conmigo. Yo solo estoy aquí por tu culpa y tú te encuentras en esta situación por lo que hiciste.

—No tengo por qué estar aquí sentada escuchando cómo una empleada de mi padre me sermonea —le espetó. Sin embargo, no se levantó de la silla.

—Y yo tampoco tengo por qué estar sentada aquí, pero quiero hacerlo porque crecí sin madre y sé que no te ha resultado fácil.

—Venga ya... —repuso Rachel con desdén.

—En especial —perseveró Lesley—, porque Alessio, tu padre, no es la persona más fácil de llevar del mundo en lo que se refiere a conversaciones sensibles.

—¿Alessio? ¿Desde cuándo llamas a mi padre por su nombre de pila?

—No hay nada que él desee más que tener una relación normal contigo, ¿sabes? —prosiguió Lesley.

–¿Y por eso jamás se molestó en ponerse en contacto conmigo cuando yo era una niña?

Lesley sintió que se le hacía un nudo en el corazón.

–¿De verdad crees eso?

–Eso fue lo que me dijo mi madre.

–Creo que descubrirás que tu padre hizo todo lo que pudo para mantener el contacto, para visitarte... Bueno, sobre eso tendrás que hablar con él.

–No pienso volver a hablar con él.

–¿Por qué no te sinceraste con tu padre o incluso con uno de los profesores, cuando ese muchacho comenzó a amenazarte?

Lesley había encontrado un par de notas gracias a las que comprendió rápidamente la talla moral de un muchacho que no tuvo reparos a la hora de extorsionar todo el dinero que pudo a Rachel, amenazándola con el hecho de que tenía pruebas del único porro que ella se había fumado con él. Cuando a Rachel se le empezó a acabar el dinero, decidió acudir directamente a la gallina que ponía los huevos de oro. Si no pagaba, acudiría a la prensa y le diría que uno de los principales magnates del mundo empresarial tenía una hija drogadicta.

–Debiste de tener mucho miedo –añadió Lesley.

–Eso no es asunto tuyo.

–Bueno, sea como sea, tu padre lo va a solucionar todo y hará que el problema desaparezca. Deberías darle una oportunidad.

–¿Y a ti qué te importa?

Lesley se sonrojó.

–Ah, vaya... –comentó la muchacha con una ligera carcajada–. Bueno, no voy a darle una oportunidad a nadie. No me importa si él soluciona ese asunto o no. Me dejó tirada y yo tuve que ir de acá para allá con mi madre y todos sus novios.

–¿Sabías que tu madre... bueno...? Eso no es asunto mío –dijo Lesley poniéndose de pie–. Deberías darle una oportunidad a tu padre y, al menos, escuchar lo que te tiene que decir. Trató por todos los medios de mantener el contacto contigo, pero bueno, deberías dejarle que te explicara lo que pasó. Y también te deberías ir a dormir.

Con eso, salió del comedor y cerró la puerta silenciosamente a sus espaldas. Se dio cuenta de que le haría falta más de una conversación con Rachel para romper todas sus barreras, pero se había enterado de un par de cosas. Aparte de que todo el tema de los correos hubiera salido a la luz, lo que evidentemente debía de ser un gran alivio para Rachel, resultaba evidente que la muchacha no sabía lo mucho que su padre se había esforzado para tratar de mantener el contacto con ella.

Alessio, por su parte, no sabía que su hija era consciente del temperamento alocado y promiscuo de Bianca.

Si se unían esos dos datos y se juntaba todo con el hecho de que Rachel hubiera hecho un libro con recortes y fotografías de su padre, parecía más evidente que una conversación sincera entre padre e hija serviría de mucho para abrir la puerta a una relación más fraternal.

Además, si Rachel dejaba de asistir al internado y comenzaba a acudir a un colegio normal de Londres, los dos tendrían la oportunidad de empezar a construir el futuro y poder dejar el pasado atrás.

Salió al jardín y encontró a Alessio en el mismo sitio. Rápidamente, le contó todo lo que había averiguado sobre su hija.

–Ella cree que la abandonaste y le dolió mucho. Eso podría explicar por qué se ha portado de un modo tan rebelde, pero es joven. Tienes que tomar las riendas y bajar tus defensas para poder conectar con ella.

Alessio asintió lentamente y le dijo lo que tenía intención de hacer para solucionar el asunto de Jack Perkins. Ya se había puesto en contacto con alguien en el que podía confiar para que le proporcionara información sobre el muchacho. Tenía todo lo suficiente para hacerles una visita a sus padres y asegurarse de que todo se resolvía rápida y eficazmente y que él nunca volviera a acercarse a su hija.

—Cuando haya terminado —le prometió Alessio con voz de acero—. Ese chico se lo pensará dos veces antes de volver a acercarse a un café para conectarse a Internet y mucho menos amenazar a alguien.

Lesley lo creyó y no dudó que la vida delictiva de Jack Perkins estuviera a punto de terminar. Su familia tenía una buena posición en sociedad. No solo se quedarían horrorizados de lo que había hecho su hijo y de los problemas que tenía con las drogas, sino que su padre conocería el poder de Alessio en toda su extensión. Si seguía molestando a su hija, sin duda las repercusiones serían aún mayores.

—Cuando se me ataca —dijo él con voz suave—, prefiero utilizar mis propios puños que confiar en los de mis guardaespaldas.

Todo parecía estar bien atado. Lesley no dudaba que padre e hija terminarían encontrando el camino para volver a convertirse en la familia que se merecían ser.

Eso le dejaba solo a ella... la espectadora que ya había cumplido su objetivo. Parecía que el momento de que se separara de Alessio estaba a punto de llegar.

Realizaron en absoluto silencio el trayecto de vuelta a la casa de Alessio. Él pensaba regresar a la casa de su suegra a la mañana siguiente para volver a hablar con su hija. No le anticipó a Lesley de qué iba a hablar con Rachel, pero ella se imaginó que intentaría empezar a construir una relación entre ellos.

Alessio sabía que, en realidad, el resultado de lo que podría haber sido un desastre había sido bueno. Jack Perkins había dejado al descubierto problemas con su hija a los que por fin se podría enfrentar. La mediación de Lesley había sido fantástica. ¿Cómo podía su hija no saber que él se había esforzado al máximo? Le explicaría todo lo ocurrido. Evidentemente, Rachel se había sentido perdida y había resultado demasiado vulnerable en un internado que, evidentemente, permitía demasiada libertad.

—Gracias —dijo él mientras aparcaban junto a la casa. Apagó el motor y miró a Lesley—. No solo has averiguado quién estaba detrás de todo esto sino que has ido mucho más allá. Los dos sabemos que no tenías que hacerlo...

En aquellos momentos, lo único que quería hacer era meterla en la casa, llevarla en brazos hasta su dormitorio y hacerle el amor. Hacerle el amor durante toda la noche. Jamás se había sentido tan cerca de una mujer.

Lesley pensó, con cierta amargura que, efectivamente, no tenía que ir más allá. Sin embargo, lo había hecho sin pedir nada a cambio.

—Deberíamos hacerlo —replicó ella tras un instante.

Alessio se quedó inmóvil.

—Pensaba que acabábamos de hacerlo.

Lesley salió del coche y cerró la puerta. En el interior, el ambiente había sido demasiado íntimo. Unos segundos más allí dentro, sentada a su lado, respirando su aroma y escuchando su sensual manera de hablar habría echado por tierra todas sus buenas intenciones.

—¿Quieres decirme a qué viene todo esto? —le preguntó él en cuanto entraron en la casa.

Arrojó las llaves del coche sobre la mesita que había junto a la puerta y se dirigió a la cocina, donde se sirvió un vaso de agua de una botella que guardaba en el frigorífico. Entonces, se sentó y observó cómo Lesley tomaba asiento tan lejos de él como le era posible.

–¿Cuánto tiempo piensas quedarte aquí? –le preguntó ella por fin.

–¿Y adónde quieres ir a parar con eso? –replicó él. Por primera vez, se sentía pisando arenas movedizas y la sensación no le gustaba. No le gustaba que ella estuviera sentada tan lejos de él ni el humor que ella había tenido desde hacía unas horas ni tampoco el hecho de que no lo mirara a los ojos–. Dios santo –añadió al ver que ella no decía nada–. Al menos hasta finales de semana. Rachel y yo tenemos que solucionar algunas cosas, por no hablar de una franca discusión sobre dónde irá al colegio. Tengo que arreglar muchas cosas con ella y no voy a poder hacerlo de la noche a la mañana. Tardaré unos días antes de que podamos hacerlo. ¿Por qué me preguntas eso?

–No voy a quedarme aquí contigo –contestó Lesley tras aclararse la garganta–. Sé que te prometí que me quedaría toda la semana, pero creo que mi trabajo ya está hecho y que ha llegado el momento de que regrese a Londres.

–¿Que tu trabajo ya está hecho? –repitió Alessio. No se podía creer lo que estaba escuchando.

–Sí. Y quiero decir que tu hija y tú tenéis todas las posibilidades de encontrar una solución a todas las dificultades que habéis tenido en vuestra relación.

–¿Que tu trabajo aquí está hecho? ¿Y por eso regresas a Inglaterra?

–No veo motivo alguno para seguir aquí.

–Y yo no me puedo creer que esté escuchando esto. ¿Qué quieres decir con eso?

Se negó a decir más. No se atrevía a preguntar qué iba

a pasar con ellos. Jamás lo haría. Recordó lo que ella había dicho sobre volver a los bares a los que los solteros iban a ligar después de haberlo utilizado a él para reintroducirla en el mundo del sexo. Después de haber superado sus inseguridades gracias a él.

El orgullo se apoderó de él. La miró con frialdad.

—Lo que hay entre nosotros no nos lleva a ninguna parte. Los dos estuvimos de acuerdo en eso, ¿no? —dijo—. No me interesa tener una aventura hasta que a los dos se nos acabe la pasión. En realidad, eso seguramente ocurriría cuando volviéramos a Londres. No estoy en el mercado para tener un amor de vacaciones.

—¿Y para qué estás en el mercado?

Lesley levantó la barbilla y le devolvió la fría mirada. ¿Sería capaz de decirle que estaba en el mercado para una relación a largo plazo, comprometida, que llevara a un final feliz? ¿Sería capaz de decirle para que él terminara por asumir que ella estaba hablando de él? ¿Que quería una relación con él? Alessio le había dicho que las mujeres siempre parecían querer más de lo que él estaba dispuesto a dar. Alessio daría por sentado que ella, simplemente, se había puesto a la cola. No permitiría que le pisotearan su dignidad.

—En estos momentos —dijo, con voz tranquila y controlada—, lo único que quiero es seguir progresando en mi carrera. La empresa sigue creciendo. Hay muchas oportunidades para crecer con ella, incluso para que me envíen a otra parte del país. Quiero poder aprovecharlas...

—¿Y esas oportunidades de las que hablas van a desaparecer si no vuelves a Londres tan rápidamente como puedas?

—Sé que probablemente no nos concederás ese enorme contrato del que estabas hablando...

En realidad, acababa de llegar a esa conclusión. Si su jefe se enteraba de que ella había sido la culpable de la pérdida de un contrato que reportaría cientos de miles de libras a la empresa, no estaría demasiado satisfecho con ella.

–Veo que no me conoces bien –replicó él fríamente–. Se lo ofrecí a tu jefe y no soy hombre que no cumpla con su palabra. Tu empresa seguirá teniendo ese contrato y todo lo que conlleva.

Lesley bajó los ojos. Era un hombre de palabra. Se lo había imaginado. Desgraciadamente, no era también un hombre enamorado.

–También pienso lo mismo cuando decido embarcarme en una relación.

–Quieres decir cuando te hayas lanzado de nuevo al mercado de solteros.

Lesley se encogió de hombros.

–Simplemente creo que, si decido empezar una relación con alguien, debería ser una persona que sea adecuada para mí. Por lo tanto, creo que deberíamos también terminar lo nuestro.

–Buena suerte con tu búsqueda –le espetó Alessio mientras apretaba los dientes–. Ahora que has dicho lo que tenías que decir, voy a trabajar un poco. Puedes utilizar el dormitorio donde pusieron tu maleta. Yo dormiré en uno de los otros dormitorios. Podrás reservar tu vuelo a primera hora de la mañana. Por supuesto, yo me ocuparé de los gastos.

Con eso, se dirigió a la puerta.

–Por cierto, tengo intención de ir a casa de Claudia mañana a las nueve. Si no te veo antes de que me vaya, que tengas buen viaje. El dinero que te debo estará en tu cuenta bancaria cuando aterrices.

Con eso, se despidió de ella con una inclinación de cabeza y se marchó cerrando la puerta.

Capítulo 9

LESLEY se detuvo frente al imponente edificio de cristal y miró hacia arriba. En algún lugar, ocupando tres plantas del bloque de oficinas más caro de todo Londres, Alessio estaría trabajando en su despacho. Al menos, eso esperaba ella. Esperaba que no estuviera fuera del país. No quería que pudiera armarse de valor una segunda vez para repetir aquella visita.

Hacía ya un mes desde la última vez que lo vio y no había tenido noticias de él desde entonces. Él había depositado una buena suma en su cuenta bancaria, tal y como había prometido. En realidad, la cantidad había sido demasiado elevada, considerando que ella se había marchado antes de lo que había prometido.

¿Cómo le habría ido con la conversación con su hija? ¿Habrían conseguido encauzar su relación?

¿Habría encontrado él a otra mujer?

Durante las últimas semanas, aquellas preguntas no habían dejado de torturarla, cebándose en su tristeza hasta que... Hasta que había ocurrido algo tan abrumador que había dejado de tener sitio en la cabeza para aquellas preguntas.

Respiró profundamente y entró en el vestíbulo. Se vio rodeada de un flujo constante de personas que iban y venían, pero no tardó en ver el elegante mostrador de acero y cristal que indicaba el lugar donde se encontraba la recepción del edificio.

Había estado pensando lo que decir, dado que había dado por sentado que no resultaría fácil acceder al despacho de Alessio Baldini. De hecho, podría ser que él mismo se negara a recibirla. Se había inventado una historia que rayaba en el melodrama con una pequeña sugerencia de que, si no le permitían acceder a su despacho, él se enfadaría mucho.

Funcionó. Diez minutos después, subía en un ascensor a una de las plantas superiores. Le habían dicho que alguien saldría a recibirla al ascensor, por lo que se sentía muy nerviosa. Tuvo que hacer un verdadero esfuerzo para no empezar a hiperventilar.

Su asistente personal le preguntó con preocupación y ella respondió con voz bastante tranquila. Sin embargo, sentía unas profundas náuseas.

Cuando por fin llegaron al despacho de Alessio, Lesley estaba a punto de desmayarse. Ni siquiera sabía si estaba haciendo lo correcto. Había tomado la decisión de ir allí para luego rechazarla en tantas ocasiones que había perdido la cuenta.

El despacho exterior, que ocupaba su asistente personal, era muy lujoso. De hecho, resultaba un poco intimidatorio, pero no tanto como la puerta tras la que Alessio estaba esperándola.

Ciertamente, él la estaba esperando. Estaba en medio de una videoconferencia cuando su secretaria lo llamó para informarle de que una tal Lesley Fox estaba en recepción. Por supuesto, quería saber si debería pedirle que se marchara o franquearle el acceso.

Alessio interrumpió su videoconferencia sin dudarlo. Una parte de su ser le pedía que le negara el acceso. ¿Por qué diablos iba a querer tener algo que ver con una mujer que se había acostado con él y que no había negado haberlo hecho como parte de sus preparativos para entrar en el mundo de la caza de solteros y que luego se había marchado de su vida sin mirar atrás? ¿Por qué iba a hablar con alguien que le había dejado muy claro que él no era la clase de hombre que estaba buscando, a pesar de que no había emitido queja alguna cuando se acostaron juntos?

Después de que se asegurara de enviarle el dinero que se le debía, no había tenido noticias de ella que le confirmaran que lo había recibido, a pesar de que le había pagado muy por encima de la suma acordada sin tener en cuenta que no había trabajado todo el tiempo por el que se le había contratado.

El tiempo que había desperdiciado esperando una llamada de teléfono o un mensaje le enojaba profundamente. Eso por no mencionar el tiempo que había pasado pensando en ella. De hecho, en aquellas semanas, no había podido sacársela de la cabeza.

Por lo tanto, cuando recibió aviso de que ella quería verlo, no lo había dudado. No tenía ni idea de lo que quería, pero, además de la curiosidad, tenía la agradable esperanza de que ella hubiera regresado para recuperarlo. Tal vez el maravilloso mundo que había esperado encontrar en los bares a los que se iba para ligar no había cubierto sus expectativas. Tal vez el hecho de divertirse con el hombre equivocado no había estado tan mal como ella había pensado en un principio. Tal vez echaba de menos el sexo...

O, más posiblemente, su jefe la había enviado por algo que ver con el trabajo que él les había encargado. Aquello era lo más probable. Si había algo de lo que hablar, su jefe había dado por sentado que ella era la más indicada para hacerlo y, por supuesto, Lesley no había podido negarse, al menos sin dar detalles de su vida privada que Alessio estaba seguro que no compartiría jamás.

Cuando Claire, su asistente personal, le anunció que ella ya había llegado a través del teléfono, Alessio había llegado a la conclusión de que no le importaba en absoluto lo que ella tuviera que decirle y que la única razón para permitirle el acceso había sido por cortesía.

Por ello, la hizo esperar un poco. Entonces, se reclinó en su sillón de cuero y le informó a Claire de que podía dejarla pasar con voz fría y tranquila.

Tras franquear el umbral del despacho, Lesley sintió que se le cortaba la respiración. Por supuesto, no había olvidado el aspecto físico de Alessio. ¿Cómo iba a hacerlo cuando llevaba su imagen marcada a fuego en el pensamiento? Sin embargo, nada podría haberla preparado para las frías profundidades de sus ojos oscuros ni el intimidante silencio que la recibió.

Al principio, no sabía si sentarse o seguir de pie hasta que él le indicara que tomara asiento. Afortunadamente, él le indicó una de las butacas cuando las piernas empezaron a amenazar con perder su fuerza. Al mismo tiempo, Alessio miró el reloj como para asegurarse de que no se acomodaba demasiado porque no tenía mucho tiempo para ella.

Aquel era el hombre del que se había enamorado. Sabía que había dañado su orgullo cuando le dejó, pero había albergado la esperanza de que él se pusiera en contacto con ella de algún modo, aunque solo fuera para preguntarle si había recibido el dinero que él había depositado en su cuenta. O tal vez para contarle lo que había ocurrido con Rachel. Seguramente, eso habría sido lo más correcto... Sin embargo, no había habido contacto alguno. Lesley sabía que si ella no hubiera ido a verlo, jamás se habría vuelto a encontrar con él. En aquellos momentos, Alessio la contemplaba con la mirada fría, con el mismo entusiasmo que alguien que contemplara algo despreciable.

–Y bien –dijo él por fin–. ¿A qué debo este inesperado placer?

A pesar de todo, no pudo evitar pensar que ella tenía un aspecto fantástico. Había tratado de sustituirla por una de las mujeres con las que había salido meses atrás, una rubia muy guapa con enormes senos y hermoso rostro. Sin embargo, apenas si había podido soportar su compañía una sola tarde. ¿Cómo iba a poder hacerlo cuando estaba demasiado ocupado pensando en la mujer que estaba sentada frente a él en aquellos momentos?

–Lo siento mucho si te estoy molestando –consiguió decir ella. De repente, se dio cuenta de que no podía darle la noticia que había ido a contarle sin algún tipo de advertencia.

–Soy un hombre muy ocupado –replicó él con una fría sonrisa–, pero jamás he permitido que se diga de mí que soy un grosero. Una examante se merece al menos unos minutos de mi tiempo.

Lesley se mordió la lengua y se contuvo para no decirle que aquella afirmación era el colmo de la grosería.

–No tardaré mucho. ¿Cómo está Rachel?

–¿Has venido hasta aquí tan solo para hablar sobre mi hija?

Lesley se encogió de hombros.

–Bueno, me impliqué bastante con lo que le ocurría. Tengo curiosidad por saber cómo salieron al final las cosas.

Alessio estaba seguro de que aquella no era la razón de su visita, pero estaba dispuesto a jugar un poco hasta que ella decidiera contarle el verdadero motivo.

–Mi hija se ha mostrado muy... contenida desde que

se supo todo este asunto. Regresó a Londres sin demasiadas protestas y parece aliviada de que la opción del internado haya sido descartada. Naturalmente, le he tenido que poner ciertas reglas, siendo la más importante que no quiero volver a tener problemas con su actitud en el nuevo colegio.

Por supuesto, no había sido tan duro como parecía al comunicarle sus reglas. Rachel no se había comportado bien, pero él también tenía su parte de culpa. En aquellos momentos, al menos había diálogo entre ellos que auguraban que muy pronto la conversación sería más cordial.

Además, había ido a ver a los padres del muchacho para contarles lo ocurrido y explicarles claramente lo que ocurriría si recibía otro correo suyo. Los padres se quedaron atónitos, pero parecían ser buenas personas y prometieron hacerse cargo y solucionar el problema con las drogas que tenía su hijo.

Rachel no comentó nada sobre el resultado de la actuación de su padre, pero Alessio vio el alivio que se reflejaba en el rostro de la muchacha.

—Me alegro... —susurró ella entrelazando las manos.

—Bueno, ¿quieres alguna otra cosa? Si eso es todo...

Observó la esbelta columna de su cuello, la cabeza gacha y los hombros caídos. Quiso preguntarle si le había echado de menos. No lo hizo.

—Solo una cosa más —murmuró ella. Se aclaró la garganta y lo miró con evidente incomodidad.

De repente, Alessio lo comprendió todo. Quería volver con él. Se marchó de Italia con la cabeza bien alta y, tras tratar de encontrar al hombre perfecto, llegó a la conclusión de que no iba a resultarle tan fácil como había pensado. En ausencia de don Perfecto, el señor Sexo Fantástico no estaría mal.

Por encima de su cadáver.

No obstante, resultaba agradable pensar que él iba a suplicarle. Estuvo a punto de sonreír.

¿Debería ayudarla a librarse de la incomodidad por lo que quería decirle o debería limitarse a esperar hasta que ella se decidiera a romper su silencio? Por fin, con un suspiro que implicaba que ya había desperdiciado demasiado tiempo, sacudió la cabeza y dijo:

–Lo siento. Llegas tarde.

Lesley lo miró muy confusa. Era una situación muy incómoda. Ella se había presentado en su despacho para verlo y allí estaba, sumida en el silencio mientras trataba de encontrar el modo de decirle lo que había ido a comunicarle. Seguramente, Alessio se estaba preguntando qué demonios hacía desperdiciando su tiempo.

–Estás ocupado...

Una vez más, se preguntó si él la habría reemplazado. Si habría regresado con su tipo habitual de mujeres.

–¿Has estado ocupado? –le preguntó sin poder contenerse.

–¿Ocupado? –replicó él, aunque sabía perfectamente a lo que ella se refería por el modo en el que se le habían sonrojado las mejillas. Sintió una profunda satisfacción–. Explícate.

–Trabajo. Ya sabes –dijo para tratar de disimular su primera intención, aunque por el brillo de los profundos ojos de Alessio sabía perfectamente que él había comprendido lo que ella había querido saber en primer lugar.

–El trabajo es el trabajo. Siempre estoy ocupado. Fuera del trabajo...

Alessio pensó en su cita con su examante, que no era rival para la mujer que lo observaba en aquellos momentos con enormes ojos castaños. Se encogió de hombros y dejó que ella diera por sentado que su vida privada era un lugar muy íntimo al que no estaba invitada.

–¿Y tú? –añadió cambiando de tema–. ¿Has encontrado ya a tu media naranja?

–¿Qué querías decir con eso de que llego tarde? –preguntó ella. Llevaba unos segundos dándole vueltas a la pregunta y necesitaba escuchar la respuesta.

–Si crees que puedes entrar de nuevo en mi vida sin más porque hayas tenido problemas a la hora de encontrar a don Perfecto, estás muy equivocada.

Orgullo. ¿Y qué tenía de malo el orgullo? Ciertamente Alessio no tenía intención alguna de contarle la verdad, es decir, que le estaba costando olvidarla a pesar de que, a aquellas alturas, ella no debería ser nada más que un recuerdo borroso.

Siempre había sido un hombre rápido a la hora de sustituir a sus amantes. Debería serlo aún más para olvidar a una que lo había dejado a él.

–No tengo intención alguna de regresar a tu vida –replicó Lesley fríamente.

Alessio entornó la mirada. Entonces, se fijó en lo que antes había pasado por alto. El modo tan rígido en el que estaba sentada, como si tuviera en estado de alerta todos los nervios de su cuerpo. Además, no hacía más que retorcerse los dedos.

–En ese caso, ¿por qué estás aquí? –le espetó. No le agradaba ver que ella no había ido a suplicarle y le molestaba pensar que no había sabido interpretar las señales.

–Estoy aquí porque estoy embarazada.

Ya estaba. Lo había dicho. Las cinco palabras que llevaban absorbiéndole el pensamiento desde que realizó la prueba de embarazo hacía tres días habían salido por fin a la luz.

Cuando no le vino la regla, ni siquiera se le ocurrió pensar que pudiera estar embarazada. Se le había olvidado el preservativo que se rompió. Tan solo cuando relacionó lo del periodo que no le había venido con los senos dolorosos se acordó de la primera vez que hicieron el amor... El resultado quedó claro después de realizar la prueba de embarazo.

Necesitó un par de días para acostumbrarse a la idea, para aceptarla. Empezó a analizar cómo cambiaría su vida porque no pensaba abortar. Cuando lo consiguió, no pudo evitar sentir una excitación, una curiosidad inigualables. Iba a ser madre. Jamás había pensado que aquello podría ocurrirle. Sabía que eso le acarrearía muchos problemas, pero no pudo evitar sentir una gran excitación.

¿Sería niño o niña? ¿Qué aspecto tendría? ¿Se parecería a Alessio? Ciertamente, al menos tendría un recuerdo permanente del único hombre al que sabía que amaría siempre.

Se preguntó si debería decírselo. Se preguntó si le arruinaría la vida al decirle que iba a volver a ser padre en circunstancias similares a las de su hija. ¿Pensaría que ella estaba tratando de cazarle tal y como había hecho Bianca?

Pensó que tal vez sería mejor no decirle nada y dejarle que siguiera con su vida. Después de todo, él no había tratado de ponerse en contacto con ella tras regresar de Italia. ¿No sería lo mejor dejarlo estar en vez de hacerle estallar en el rostro una bomba que tendría consecuencias permanentes en su vida?

Al final, decidió que no le podía negar la oportunidad de saber que iba a ser padre. Después de todo, el bebé era suyo y tenía sus derechos.

Vio que efectivamente aquello había sido una noticia inesperada para él cuando vio cómo la expresión en el rostro de Alessio pasaba de expresar total asombro a horror absoluto.

–Lo siento –dijo ella–. Sé que esto es probablemente lo último que esperabas...

A Alessio le estaba resultando casi imposible reaccionar. Lesley estaba embarazada. Por una vez, no pudo encontrar palabras que expresaran lo que estaba sintiendo.

–Fue la primera vez –prosiguió Lesley–. ¿Te acuerdas?

–El preservativo se rompió.

–Había una posibilidad entre mil.

–El preservativo se rompió y ahora estás embarazada...

–No fue culpa de nadie –dijo ella. Al ver que Alessio ni siquiera era capaz de mirarla, comenzó a morderse el labio inferior. Resultaba evidente que, en aquellos momentos, la odiaba. De algún modo, parecía estar echándole la culpa a ella.

–No iba a venir...

Aquellas palabras le hicieron levantar la cabeza. La miró con incredulidad absoluta.

–¿Qué? ¿Acaso ibas a desaparecer con mi hijo en tus entrañas sin decirme nada?

–¿Acaso me culpas? Sé la historia de cómo te atraparon en un matrimonio sin amor. Sé cuáles fueron las consecuencias...

–¿Y esas consecuencias fueron...?

Cuando Bianca sonrió y le dijo que estaba embarazada, Alessio se sintió completamente destrozado. Sin embargo, en aquella ocasión, pensar que Lesley pudiera haberle ocultado la noticia no le parecía bien. De hecho, le enojaba que el pensamiento se le hubiera pasado por la cabeza aunque comprendía perfectamente por qué.

–Nada de compromisos –dijo Lesley sin molestarse en edulcorar un poco sus palabras–. No permitir que nadie se te acerque demasiado. Que ninguna mujer pueda pensar que puede atravesar el umbral de la puerta de tus defensas, porque tú siempre estás dispuesto a cerrarla de un portazo en el momento en el que sientes que alguien se acerca demasiado. Te ruego que no me mires como si estuviera diciendo tonterías, Alessio. Los dos sabemos que todo esto es cierto.

–Entonces, ¿me lo habrías ocultado? Y luego, dentro de dieciséis años, yo me habría enterado de que había engendrado un hijo o una hija cuando viniera llamando a mi puerta para conocerme...

–No había pensado en tanto tiempo... Me había centrado en unos meses y tan solo vi a un hombre que se lamentaba de verse atrapado de nuevo de la misma manera...

–No puedes especular sobre cómo habría reaccionado yo.

–Bueno, eso no importa. Ahora estoy aquí. Te lo he dicho. Y hay algo más. Quiero que sepas que no he venido a pedirte nada. Ya sabes lo que hay y yo he cumplido con mi deber.

Con eso, comenzó a levantarse. Alessio la miró con abierta incredulidad.

–¿Adónde te crees que vas?

–Me marcho ya –respondió ella. Ya había hecho lo que tenía que hacer. Sin embargo, la presencia de Alessio parecía atraerla hacia él, como si se tratara de un poderoso imán.

–¡Debes de estar de broma! No puedes entrar aquí, decirme que estás esperando un hijo mío y luego marcharte como si nada.

–Ya te he dicho que no quiero nada tuyo.

–Lo que tú quieras no cuenta.

–¿Cómo has dicho?

–Es imposible que tengamos esta conversación aquí. Tenemos que salir, ir a algún sitio. Vayamos a mi casa.

Lesley lo miró horrorizada. Lo último que deseaba era verse encerrada con él en su terreno. Ya era bastante malo estar en su despacho, pero en su casa... Además, ¿de qué otras cosas iban a hablar?

Ella comprendió que seguramente se trataba de la pensión alimenticia. Él era un hombre rico cuya conciencia no estaba tranquila. La aplacaría dándole dinero.

–Sé que tal vez quieras ayudarme con el dinero –dijo ella secamente–, pero, aunque no te lo creas, no es la razón de mi presencia aquí. Puedo arreglármelas sola perfectamente. Además, podría realizar mi trabajo desde casa.

–Creo que no me estás escuchando –replicó él. Se puso de pie e hizo que ella volviera a sentarse.

Tal vez Lesley quisiera perderlo de vista, pero eso no iba a ocurrir. Era una pena que hubiera tenido que abandonar la búsqueda de don Perfecto. Ella iba a tener un hijo suyo y Alessio iba a formar parte de su vida tanto si ella quería como si no.

Aquel pensamiento no le resultaba tan desagradable como había pensado. De hecho, estaba empezando a gustarle.

–Si quieres hablar de términos económicos, podemos hacerlo dentro de unos días. En estos momentos, creo que es mejor que te dé tiempo para que lo digieras todo.

–Ya lo he digerido. Ahora, escúchame.

Hubiera preferido que se marcharan a su apartamento, pero resultaba evidente que ella no quería ir. Comprendió el porqué y decidió que no iba a insistir. Cuando ella le dijo que no quería nada de él, sabía que lo decía en serio. Aquella situación no podría haber sido más diferente de la de su primera hija. En realidad, no iba a haber diferencia alguna. Él iba a ser una presencia en la vida de Lesley tanto si ella quería como si no.

Lesley lo miraba con una gran falta de entusiasmo. Ella había esperado más una explosión de ira, que hubiera aprovechado para marcharse. Sin embargo, Alessio parecía estar tomándose la situación mucho más tranquilamente de lo que había esperado.

–Esto no tiene solo que ver a que yo contribuya económicamente. Tú vas a tener un hijo mío y tengo la intención de verme implicado en todo lo que ocurra a partir de ahora.

–¿De qué estás hablando?

–¿De verdad me tomas por un hombre que huya de sus responsabilidades?

–¡Yo no soy tu exesposa! –exclamó ella con los puños apretados sobre el regazo–. ¡No he venido aquí a buscar nada y tú no me debes nada a mí ni a este bebé!

–Y yo te aseguro que no voy a ser un padre a tiempo parcial. Ya lo fui una vez, no porque yo lo quisiera así, y no va a volver a ocurrir.

Lesley jamás había visto la situación desde ese ángulo. No se había parado a pensar que él quisiera implicarse activamente en todo, pero era perfectamente comprensible.

–¿Y qué me sugieres? –le preguntó ella asombrada.

–¿Qué te puedo sugerir si no el matrimonio?

Durante unos segundos, Lesley pensó haberle escuchado mal. Entonces, lo miró con el rostro muy serio. Segundos después, no pudo reprimir una sonora carcajada.

–No me puedo creer que esté escuchando esto. ¿Estás loco? ¿Casarnos?

–¿Por qué te sorprendes tanto?

–Porque...

«Porque no me amas. Seguramente ni me aprecias mucho en estos instantes».

–Porque tener un hijo no es la razón adecuada para que dos personas se casen –dijo tan tranquilamente como pudo–. ¡Tú más que nadie deberías saberlo! Tu matrimonio terminó en lágrimas porque os casasteis por las razones equivocadas.

–Cualquier tipo de matrimonio con mi ex habría terminado en lágrimas...

No se podía creer que se hubiera reído de su sugerencia. ¿Acaso es que aún albergaba la esperanza de encontrar al hombre perfecto? Resultaba ofensivo.

–Tú no eres Bianca. Además, creo que esto no tiene nada que ver con nosotros como individuos, sino con un niño que no pidió que lo trajéramos al mundo –dijo él con voz seria–. Para hacer lo mejor para él o ella, tenemos que formar una familia.

–Lo mejor para él o ella es proporcionarle un padre y una madre que lo quieran aunque vivan separados que dos resentidos que se han unido a pesar de que no hay amor.

Al decir esas palabras, se sintió enferma. Debería haber dicho que no hay peor unión que la que se basa en el amor que uno da pero que no recibe. Si ellos se casaban, estaba segura de que Alessio terminaría odiándola por haberlo encerrado en una cárcel.

Podría haberle dicho muchas cosas, pero lo resumió todo en una frase.

–No me casaría contigo por nada del mundo.

Capítulo 10

EL DOLOR empezó justo después de medianoche, cinco meses antes de que saliera de cuentas. Al principio, Lesley se despertó desorientada. Cuando vio que estaba sangrando, el terror se apoderó de ella.

¿Qué significaba aquello? Había leído algo en uno de los muchos libros que Alessio le había comprado. Sin embargo, en aquellos momentos, su cerebro parecía haber dejado de funcionar. En lo único en lo que podía pensar era en encontrar su teléfono móvil para llamarlo.

Le había dicho una y otra vez que no iba a casarse con él, pero Alessio había seguido desafiando sus defensas convirtiéndose poco a poco en su más firme apoyo. Pasaba la mayor parte de las tardes con ella. Acudía a las citas con el médico. Había incorporado a Rachel llevándola consigo en muchas ocasiones cuando iba a visitarla, hablando como si el futuro contuviera la posibilidad de que todos se convirtieran en una familia, aunque Lesley se negaba a aceptar nada de lo que él le decía. No sabía lo que Alessio estaba esperando alcanzar. No la amaba.

Poco a poco, Lesley comenzó a apoyarse en él y nunca tanto como aquella noche, cuando el sonido de su profunda voz tuvo el efecto inmediato de tranquilizarla.

–Debería haberme quedado contigo a pasar la noche –le dijo, tras presentarse en su casa en tiempo récord.

–Entonces no era necesario...

Lesley se reclinó y cerró los ojos. El dolor había disminuido, pero aún seguía en estado de shock al pensar que algo podía ir mal y que podría perder al niño.

–En realidad, no debería haberte llamado –dijo ella, más secamente de lo que había querido en un principio–. No lo habría hecho si hubiera pensado que lo único que ibas a hacer era preocuparte...

Sin embargo, no se le había ocurrido otra cosa más que tomar el teléfono para llamarlo. Alessio se había convertido en parte fundamental de su vida a pesar de que él no la amaba, a pesar de que no estaría con ella en el coche si ella no se hubiera presentado aquel día en su despacho.

No había podido prever el modo en el que él se iba a convertir en parte indispensable de su vida, ocupándose de ella y ayudándola en todo lo que podía. Lesley jamás había pensado adónde les podía llevar todo aquello.

–Por supuesto que debías llamarme. ¿Y por qué no ibas a hacerlo? Ese bebé es mío también. Yo comparto todas las responsabilidades contigo.

Y así había sido, hasta el punto de pedirle que se casara con él. A Alessio le sorprendía la obstinación de Lesley para no hacerlo. ¿Y por qué no quería? No lo comprendía. Estaban bien juntos. Iban a tener un bebé. A pesar de que no había vuelto a tocarla, ardía en deseos de tenerla en su casa y los recuerdos del sexo que habían compartido le hacía perder la concentración en las reuniones. Tal vez había mencionado algunas veces que había aprendido amargas lecciones en la vida por verse atrapado en un matrimonio con la mujer equivocada y por las razones equivocadas, pero eso había hecho precisamente que su proposición de matrimonio fuera más sincera. Estaba dispuesto a olvidar aquellas desgraciadas lecciones del pasado y a volver a recorrer el mismo camino. ¿Por qué no lo veía Lesley?

Había dejado de pensar en la posibilidad de que pudiera estar reservándose para el hombre perfecto. Solo pensarlo lo volvía loco.

–No me gusta cuando hablamos de responsabilidades –le espetó ella mirándolo brevemente antes de apartar de nuevo los ojos–. Vas demasiado deprisa. Nos vamos a estrellar.

–No he pasado del límite de velocidad. Por supuesto que voy a hablar de responsabilidades. ¿Y por qué no?

¿Acaso prefería que le diera la espalda y se olvidara de ella? ¿Era eso lo que quería?

–Solo quiero que sepas –dijo Lesley–, que si le ocurre algo a este bebé...

–No le va a ocurrir nada.

–Eso no lo sabes...

Alessio no quería discutir con ella, por lo que decidió guardar silencio. No era lo más adecuado en aquellos momentos, mientras se dirigían al hospital.

–Por eso quiero que sepas que, si ocurre algo, tus responsabilidades conmigo han terminado. Te puedes marchar con la conciencia tranquila sabiendo que no me dejaste tirada cuando estaba esperando un hijo tuyo.

Alessio contuvo la respiración. Por suerte, el hospital ya se veía en la distancia.

–Creo que no es el momento para esta clase de conversación –dijo, mientras se detenía con un brusco frenazo frente a la puerta de Urgencias. Sin embargo, antes de apagar el motor, la miró a los ojos–. Tienes que relajarte, cariño mío. Sé que tienes mucho miedo, pero yo estoy aquí a tu lado –añadió mientras le acariciaba suavemente la mejilla.

–Estás aquí por el bebé, no por mí –replicó ella.

No pudieron seguir hablando. Se vieron atrapados en la vorágine del eficiente proceso de ingreso por urgencias en un hospital. Alessio acompañó a Lesley por los pasillos del hospital junto a la silla de ruedas en la que la llevaban. Parecían estar rodeados por mucha gente, pero ella le apretó la mano con fuerza, casi sin darse cuenta de lo que estaba haciendo.

–Si algo le ocurre al bebé –le susurró él al oído mientras se dirigían a la sala de ecografías–, yo seguiré a tu lado.

Una hora más tarde, Lesley se vio por fin en una habitación privada. Mientras Alessio se sentaba a su lado, no podía dejar de pensar en las palabras que había creído escuchar de sus labios. ¿Habían sido reales o más bien producto de su febril imaginación?

–Gracias por traerme al hospital, Alessio –susurró con una débil sonrisa.

–Estás cansada, pero todo va a ir bien con el bebé. ¿Acaso no te lo dije?

Lesley sonrió con los ojos medio cerrados. El alivio que sentía era abrumador. Había escuchado los fuertes latidos del corazón de su bebé y le habían asegurado que todo iba bien. Había pensado trabajar desde casa en el último trimestre de embarazo. Tendría que hacerlo mucho antes.

–Sí...

–Y... y te decía en serio lo que te dije cuando te llevaban para hacerte la ecografía.

Lesley abrió los ojos de par en par y sintió que el corazón se le detenía un instante. No quería recordárselo, por si había oído mal, pero al ver cómo él la miraba deseaba perderse en las posibilidades que ofrecían aquellas palabras.

–¿Y qué me dijiste? Yo no... me acuerdo...

Se miró la mano que, de algún modo, se había colocado entre las de él.

–De repente, me puse a pensar en lo que yo haría si te pasara algo... y me asusté mucho.

–Sé que te sientes responsable porque yo esté embarazada... –susurró ella tratando de refrenar la esperanza.

–No estoy hablando del bebé. Estoy hablando de ti –afirmó él mirándola a los ojos–. No sé lo que haría si te ocurriera algo porque eres el amor de mi vida. No, espera. No digas nada. Solo escucha lo que tengo que decir y luego, si quieres echarme a patadas de tu vida, haré lo que tú digas. Podemos organizar el tema de la custodia y lo de la pensión para ti. Entonces, dejaré de molestarte con mi presencia.

–Te escucho... –musitó ella. ¿Amor de su vida? Solo quería repetirse esa frase una y otra vez porque no creía que se pudiera acostumbrar a escucharla.

–Cuando apareciste por primera vez en mi casa, supe que eras diferente a la mujer que yo había conocido hasta aquel momento. Eras inteligente, descarada, alegre... Me sentí atraído por ti y supongo que el hecho de que tú ocuparas un lugar especial en un pedazo de mi intimidad y en ciertos aspectos de mi vida que no son públicos atrajo más aún mi atención. Era como si todo el paquete resultara irresistible. Eras completamente sexy sin saberlo. Inteligente y sabías cosas sobre mí.

Lesley recordó el modo en el que la miraba cuando hacían el amor, en las cosas que él le decía y no dudó ni un instante que aquella atracción fuera totalmente verdadera.

–Todo parecía encajar tan bien entre nosotros...

Cuanto más nos conocíamos, mejor era todo. Yo pensaba que todo tenía que ver solo con el sexo, pero era algo mucho más importante. Simplemente no me di cuenta. Después de lo ocurrido con Bianca, di por sentado que las mujeres solo podían satisfacer una cierta parte de mí antes de hartarme y desaparecer de mi vida. Yo no buscaba compromiso alguno ni esperaba encontrarlo. Sin embargo, el compromiso me encontró sin que yo me diera cuenta.

Cuando Alessio sintió que ella le acariciaba suavemente la mejilla, le agarró la mano y le dio la vuelta para poder besarle la palma.

–Gracias a ti –prosiguió–, mi relación con Rachel es mejor que nunca. Gracias a ti, he descubierto que hay mucho más en la vida que tratar de ser padre de una adolescente hostil y enterrarme en mi trabajo. Jamás me he parado para cuestionarme por qué no me sentí abrumado cuando me dijiste lo del embarazo. Sabía que esta vez era diferente de lo de Bianca. Si me hubiera tomado tiempo para analizar las cosas, podría haber empezado a ver que ya había ocurrido. Me habría dado cuenta de que me había enamorado perdidamente de ti.

Había puesto sus cartas encima de la mesa y se sentía muy bien. Fuera cual fuera el resultado, siguió hablado para que Lesley no lo interrumpiera diciéndole que no era el hombre adecuado para ella.

–Tal vez no llore en las películas de chicas, pero puedes fiarte de mí. Soy una apuesta segura. Estoy a tu lado, ya lo sabes. Siempre lo estaré porque no soy nada sin ti. Si sigues sin querer casarte conmigo o si quieres ponerme a prueba, estoy dispuesto a aceptarlo porque siento que puedo demostrarte que soy la clase de hombre que quieres que sea.

–¿A prueba?

–Sí, para que puedas ver si soy adecuado para ti.

–Sé lo que quiere decir –replicó ella. Quería estrecharlo entre sus brazos, besarlo y saltar de alegría–, pero, ¿por qué no me lo dijiste antes? Ojalá lo hubieras hecho. He sufrido mucho porque te amo tanto que pensaba que lo último que necesitabas era verte atrapado en un matrimonio con una persona con la que no querías estar. Sabía que me estaba enamorando de ti, pero sabía que tú no buscabas el compromiso en tus relaciones.

–Es cierto.

–Eso debería haberme detenido, pero no lo vi venir. Tú no eras la clase de hombre del que yo pensé que podía enamorarme, pero, ¿quién ha dicho que el amor sigue las reglas? Cuando me di cuenta de que te amaba, estaba tan enamorada que la única salida que tenía era salir corriendo tan rápidamente como pudiera en la dirección opuesta. Fue lo más difícil que he hecho en toda mi vida, pero pensé que, si me quedaba, se me rompería tanto el corazón que no me recuperaría jamás.

–Cariño mío... mi hermosa y especial compañera... –susurró él mientras la besaba suavemente en los labios.

–Entonces, me enteré de que estaba embarazada. Cuando se me pasó el shock, me puse enferma al pensar que tenía que decírtelo, al pensar que te horrorizaría y que sería como si tu peor pesadilla se hiciera realidad.

–Y aquí estamos ahora. Voy a volver a pedírtelo, cariño mío... ¿Quieres casarte conmigo?

Se casaron en Irlanda un mes antes de que su bebé naciera. Asistió toda la familia de Lesley: su padre, sus hermanos y sus familias llenaron la pequeña iglesia. Cuando se retiraron al hotel que habían reservado, la fiesta aún seguía al más típico estilo irlandés. Su familia irlandesa le dijo que, en cuanto el bebé naciera, lo celebrarían como se merecía. El alcohol no dejaría de correr durante al menos dos días. Al escuchar aquello, Alessio se echó a reír y les dijo que antes de que el bebé descubriera lo maravillosa que puede ser una fiesta irlandesa, tendría que descubrir las maravillas de acompañar a sus padres de luna de miel. Los dos habían acordado que el bebé los acompañaría fueran donde fueran.

Rose Alexandra nació sin problemas con más de cuatro kilos de peso, cabello oscuro y unos enormes ojos castaños. Rachel, que estaba encantada ante la perspectiva de tener una hermana, se mostró maravillada cuando fue a verlas al hospital y se asomó a la cunita que Lesley tenía junto a la cama.

Mientras observaba la escena, Alessio no pudo evitar pensar que eran la imagen de la familia perfecta. Su hermosa esposa, radiante a pesar de estar agotada por el parto, no podía parar de sonreír a la niña que tenía entre sus brazos. Mientras tanto, Rachel, la hija que había creído perder para siempre, estaba junto a ellas. El cabello oscuro le caía como una cortina sobre madre e hija y acariciaba suavemente la regordeta y sonrosada mejilla de su hermana.

Si Alessio hubiera podido embotellar en el tiempo aquel instante, lo habría hecho. Se limitó a acercarse al pequeño grupo sabiendo por fin que aquello era la esencia de la vida.

Él buscaba venganza, ella... la libertad

Theo llegó a Brasil con un único deseo: aniquilar al hombre que le había destrozado la vida. Además, cuando el orgulloso griego vio a la impresionante hija de su enemigo, supo que la victoria sería mucho más dulce con ella en la cama. Inez anhelaba escapar de la sombra de su padre y cumplir sus sueños, no que la chantajearan para que fuese la amante de alguien. Sin embargo, la línea entre el amor y el odio era muy difusa y Theo despertó un deseo en ella que nunca habría podido prever.

El dulce sabor de la revancha

Maya Blake

Acepte 2 de nuestras mejores novelas de amor GRATIS

¡Y reciba un regalo sorpresa!

Oferta especial de tiempo limitado

Rellene el cupón y envíelo a
Harlequin Reader Service®
3010 Walden Ave.
P.O. Box 1867
Buffalo, N.Y. 14240-1867

¡Si! Por favor, envíeme 2 novelas de amor de Harlequin (1 Bianca® y 1 Deseo®) gratis, más el regalo sorpresa. Luego remítanme 4 novelas nuevas todos los meses, las cuales recibiré mucho antes de que aparezcan en librerías, y factúrenme al bajo precio de $3,24 cada una, más $0,25 por envío e impuesto de ventas, si corresponde*. Este es el precio total, y es un ahorro de casi el 20% sobre el precio de portada. !Una oferta excelente! Entiendo que el hecho de aceptar estos libros y el regalo no me obliga en forma alguna a la compra de libros adicionales. Y también que puedo devolver cualquier envío y cancelar en cualquier momento. Aún si decido no comprar ningún otro libro de Harlequin, los 2 libros gratis y el regalo sorpresa son míos para siempre.

416 LBN DU7N

Nombre y apellido   (Por favor, letra de molde)

Dirección   Apartamento No.

Ciudad   Estado   Zona postal

Esta oferta se limita a un pedido por hogar y no está disponible para los subscriptores actuales de Deseo® y Bianca®.
*Los términos y precios quedan sujetos a cambios sin aviso previo.
Impuestos de ventas aplican en N.Y.

SPN-03   ©2003 Harlequin Enterprises Limited

NUESTRA NOCHE DE PASIÓN

CATHERINE MANN

Nadie conocía a Elliot Starc mejor que Lucy Ann Joyner. Sin embargo, después de una inconsciente noche de pasión, su amistad quedó completamente destrozada.

Cuando Elliot se enteró de que Lucy había tenido un hijo suyo, decidió que quería una segunda oportunidad. Deseaba la posibilidad de convertirse en el padre que él nunca tuvo y de que la amistad llegara a ser algo más. Sin embargo, ¿podría Lucy perdonar los errores que él había cometido y creer que deseaba mucho más que un matrimonio por el bien de su hijo?

Ninguna mujer había conseguido
que la olvidara

Bianca

¿Por qué no era capaz de salir del camino que llevaba directamente a una colisión con él?

El guapísimo empresario Benjamin De Silva estaba acostumbrado a ir en el asiento del conductor, pero, cuando se vio en la necesidad de contratar a un chófer, la bella y directa Jess Murphy le demostró que, en ocasiones, ir de copiloto podía resultar igual de placentero.

A Jess no le impresionaba su riqueza, pero cada vez que miraba por el espejo retrovisor le entraban ganas de saltar al asiento de atrás y someterse a todos los deseos de Benjamin. La reciente OPA de Ben la había dejado sin trabajo, y sabía que debía mantenerse alejada de él…

Trayecto hacia el deseo

Miranda Lee